土撥鼠情報隊
土撥鼠情報隊

貓爪便利店
貓爪便利店
雪莉猫

多多羅／著

貓爪怪探團

混沌時代篇 3 神奇的紫色藥水

伊洛拉群島
地圖
待解鎖
待解鎖
水晶城
溶洞城
草原城
雪山城
小山城
待解鎖
待解鎖
待解鎖
待解鎖
待解鎖
待解鎖

人物檔案

祕密小姐

名字：雪莉貓　**種族**：獰貓

伊洛拉群島知名的大小姐，高貴、優雅、闊綽，是在幕後提供一切資源和智慧的「祕密小姐」。憑藉詳細的作戰計畫和先進的科技發明，掌握著伊洛拉群島的一切資訊！！

月光幻影

名字：尼爾豹　種族：雪豹

一隻樂天派雪豹，是貓爪便利店的員工，也是伊洛拉群島上刺破黑暗的「月光幻影」。他憑藉靈活的身手和巧妙的偽裝技術，在伊洛拉群島的暗夜中大放異彩！

發明大師

名字：多古力　種族：浣熊

畢業於克里特特國際學院，經過一番磨礪成為享譽世界的發明大師。

名字：啾多　種族：啾啾族

每天都會來貓爪便利店報到的上班族。

傳說中，這是一個由各式各樣厲害的人物組成的團隊，他們神出鬼沒，僅僅透過一個操作簡單的網站接受委託。無論對手是窮凶惡極還是老奸巨猾，他們都能一一搞定……有人說他們是罪惡的剋星，也有人說他們是譁眾取寵的小丑。但不可否認的是，他們的存在，就像是投入水中的石子、扇起微風的蝴蝶，最終產生了巨浪與狂風，深刻的改變了伊洛拉群島。

目錄

一

尼爾豹的惻隱之心

晚上，回到家的尼爾豹躺在床上，卻一直翻來覆去的睡不著。他一閉上眼，少年閃電的眼神就會出現在他腦海中。第二天天還沒亮，尼爾豹就帶著很多奶粉、甜點和衣物等來到了閃電兄弟們暫住的房間外，迫不及待的推開了房門。

哪知一個巨大的石錘從天而降，重重的砸到了他的左腳。一陣劇痛席捲尼爾豹全身，他身體一個搖晃倒在了地上，發出哀嚎：「哎喲喂！疼疼疼——」

閃電齜著牙、戴著斑點狗的頭套、高舉著匕首從櫃門裡跳了出來：「別過來，否則我就不客氣……咦，月光幻影？」

尼爾豹脫下了左腳的鞋子，他的大拇趾

現在腫得像一個正在發光的燈泡。

閃電脫下了頭套，用手指著他，捂著肚子哈哈大笑了起來：「哈哈哈！月光幻影！貓爪怪探團！就連一個石鍾都對付不了嗎？哈哈哈！」

尼爾豹顧不上還嘴，現在的他正抱著自己的左腳，對著紅腫的大拇趾大口吹氣。「貓爪怪探團是對付壞人的！我們可從來都沒這樣對待過朋友！」

閃電的兩個弟弟旋風和皮球從櫃子裡爬了出來，看著尼爾豹滑稽的樣子忍不住笑成了一團。

過了好一陣子，尼爾豹終於感覺自己的腳好了一些。他打開自己攜帶的包裹，從裡面取出很多奶粉和甜點，一件一件的擺放到他昨晚剛擦得透亮的桌面上，宣布道：「咳咳，從今天開始，你就不許去偷東西了，需要什麼我都會幫你帶來。好嗎？」

閃電興奮的跑了過來，從包裹裡取出一本漫畫書，尼爾豹為他的兩個弟弟換上了嶄新的嬰兒服，開始燒水幫他們沖奶粉。等兩個小傢伙吃飽，尼爾豹準備為房間換一個新燈泡的時候，他看到閃電正趴在桌前，聚精會神的看漫畫，時不時還會咯咯咯的笑出聲

來。這時，尼爾豹才意識到，原來看起來像大人一樣的閃電也不過是個孩子。尼爾豹來到他身邊，問：「你還想要什麼？我下次一併都幫你帶過來。」

閃電看著滿滿一包的甜點，心滿意足的說：「有這些已經很好啦，只要給我弟弟帶點兒食物就可以了，我以後會賺錢還給你的。對了，月光幻影，你能不能答應我，不把我們住在這裡的事說出去？」

尼爾豹感覺有些為難，他知道閃電心裡有很多不想對他說的話。最終，尼爾豹點了點頭，微笑著說：「好吧，我答應你，不過你也不能把大名鼎鼎的月光幻影被石錘砸到的事說出去，好嗎？」

閃電摸了摸自己的腦袋，嬉皮笑臉的裝作猶豫了一會兒，然後伸出了自己細長的小拇指：「嗯……好吧，我們打勾勾！」

尼爾豹輕輕勾住了他的指頭，說：「好！」

之後的幾天，因為有了尼爾豹的幫助，閃電再也沒有裝扮成斑點狗出去偷竊過。雖然尼爾豹知道這樣下去也不是長久之計，他很想找個機會跟雪莉貓聊聊這一窩小狼，但是每當想起閃電毛茸茸的小拇指，他還是決定尊重他們倆之間的約定，不把這件事情告訴任何人。

這天下午，當尼爾豹又準備提前收工去探望閃電兄弟的時候，雪莉貓拿著便利店的帳本，氣勢洶洶的來到了他的面前。

雪莉貓優雅的打開了便利店的帳本，說：「這個星期我們丟失的東西更多了，再任由這樣發展下去，我們的店就要被搬空了。」

尼爾豹不解的搔了搔頭：「啊？沒這麼誇張吧……讓我來看看。」

雪莉貓指著帳本上的數字對尼爾豹說：「你看，帳面上顯示我們上個星期丟失了八罐兒童奶粉。我決定了，這週我會蹲守在店裡，親手抓住這個小偷。」

尼爾豹心中的警鈴大響，他趕忙擺了擺手，慌亂的說：「不不不……不用了，其……其實……」

雪莉貓挑起了一邊的眉毛，追問：「其實什麼？」

尼爾豹說：「其實，這些奶粉都是被我喝掉了！」

雪莉貓不解：「你？你沒事喝這麼多奶粉幹什麼？」

尼爾豹心虛道：「那……那是因為……對了，那是因為我最近一直睡不著覺，書上說喝奶粉有助於改善睡眠，所以我就……」

雪莉貓問：「哦？是嗎？那你給我講講，這些丟失的兒童牙膏是怎麼回事？」

尼爾豹說：「啊……這個……這是因為，由於我經常外出行動，免不了會有些磕磕碰碰，書上說，牙膏可以幫助消腫。不信你看。」

說著，尼爾豹就露出了自己被石錘砸過的腳趾，上面裹著厚厚的繃帶。雪莉貓笑了笑，說：「好，奶粉是被你喝光了，牙膏是被你拿去養傷了，那麼請問尼爾豹先生，那些丟失的幼兒紙尿褲是怎麼回事？你不會最近又開始尿床了吧！」

這下尼爾豹完全想不出理由了。正所謂一個謊言要用一千個謊言來彌補，雖然他平時油嘴滑舌，但面對雪莉貓這樣聰明的隊友，他現在卻一個字也編不出來了，只能愣在原地，支支吾吾，眼神閃躲，不敢回答。

雪莉貓看尼爾豹回答不出來，便沒有再為難他。她拍了拍尼爾豹的肩膀，搖了搖頭，然後就邁著優雅的步伐離開了便利店。

尼爾豹看著雪莉貓的背影，心裡有些不安的想：「我是不是該把事情告訴雪莉貓呢？不如和閃電商量一下，尋求他的同意好了，這樣就不算違背了約定……」

到了傍晚，尼爾豹為了照顧兩隻小狼，累得癱倒在了地上。他回頭對正抱著合成火腿大啃的閃電說：「呼——這也太累了，比起照顧你們幾個，我寧願獨自去收拾夜狼幫！」

尼爾豹沒注意到，他說完這句話，閃電的耳朵突然動了一下，也停止了嘴裡的咀嚼。尼爾豹順勢又提到了雪莉貓：「唉，我的老闆已經發現我拿店裡的東西了，我已經欠了她很多錢了！」

閃電有些擔憂的問：「你的老闆……她很凶嗎？」

尼爾豹搖搖頭說：「那倒沒有，她是個很好的人。不過她總是比較神祕，不知道什麼時候就會蹦出來指派我任務。你看，說來就來吧。」

尼爾豹接通了耳朵裡的通訊器，聽到雪莉貓說：「月光幻影，我收到了一樁委託，第七街區發生了一起搶劫案，你現在馬上趕往現場。」

「好的，祕密小姐。」

接著，尼爾豹向閃電告別道：「我有事先走了，明天再過來，記得晚上鎖好門窗。」

說完，尼爾豹就離開了這座房子，騎上一輛摩托車向第七街區的方向駛去。

2

黑熊搶劫案

摩托車筆直的在道路上行駛，尼爾豹身上的毛髮隨風抖動。他把手中的油門擰到了最大，幻想著一會兒自己帥氣的出場方式。就在這時，一張圓嘟嘟的臉竟然從他的車座底下冒了出來說：「哇！好涼快呀！」

尼爾豹趕忙一個急煞車，車子滑行了幾公尺之後停在了路邊，閃電、旋風和皮球都從車座裡爬了出來，尼爾豹被他們危險的舉動嚇壞了，生氣的說：「你們這是幹麼？」

閃電嬉皮笑臉的回答：「搭你的車一起去兜兜風啊，我們三個已經很久都沒出來透氣了。」

尼爾豹無奈的說：「你們……你們簡直是胡鬧，我這是要去犯罪現場，你們——」

尼爾豹話還沒說完，就被閃電打斷了：「我們不會給你添麻煩的，再說了，你不是總跟我吹噓你有多厲害嘛，我就想帶他們一起看看。」

尼爾豹很想送他們回去，但是任務緊急，已經來不及了，他把三隻小狼塞回了自己的座位裡，叮囑道：「一會兒到了現場，你們絕對不許出來，聽到了嗎？」

閃電微笑著眨了眨眼，他的弟弟們也都似懂非懂的點了點頭。

夜晚的第七街區燈火輝煌，兩頭剛剛搶劫得手的黑熊正帶著金幣飛奔。警車已經堵住了這裡所有的路口，看到無路可走，黑熊們趕忙躲進了一條死胡同，一頭黑熊靈機一動，趁著附近沒人，打開了地上的人孔蓋，和同夥先後跳了進去。

兩頭黑熊帶著金幣，借著下水道中微弱的亮光向前不斷摸索。他們走了十幾分鐘，等確定聽不到警笛聲後，終於坐了下來，打開了錢袋。他們看著閃爍著金光的金幣，你一言我一語的說：

「哈哈哈！這下好了，這些錢足夠我們快活一陣子啦！」

「是啊！大哥，我們再也不用去工作賺錢了！」

「多虧你發現了這個下水道，不然我們第一次搶錢就要被抓到了。」

「放心吧，那群笨蛋永遠都不可能想到我們躲在這裡！」

黑熊大哥和黑熊小弟放聲大笑起來。

尼爾豹幽幽的說：「哦？你們確定嗎？」

兩頭黑熊頓時僵住了，他們抬頭望向這

第三個聲音傳來的方向。

突然，下水道外的燈光暗了下來。接著，兩頭黑熊頭頂的人孔蓋被打開了，皎潔的明月出現在了空中，一個穿著黑紅風衣的身影跳了進來。

「維護正義也是一門藝術，各位，歡迎來到貓爪怪探團的表演時間。我是世間罪惡的剋星——月光幻影，不好意思，你們倆的犯罪生涯到此為止了。」

黑熊大哥大吼：「幹掉他！」

黑熊大哥憤怒的向尼爾豹撲去，尼爾豹輕巧的一閃，躲過了他的攻擊。接著，尼爾豹使出一個掃堂腿，這讓黑熊大哥結結實實的摔進了下水道的臭水溝裡。

黑熊小弟看到這種情況，趕忙拿起了地上的金幣拔腿就跑，尼爾豹在他的身後不緊不慢的跟著，說：「麻煩你跑快一點……我已經很久沒有活動過腿腳了。」

拐了一個彎後，黑熊小弟被尼爾豹逼進了一條昏暗的死胡同。黑熊小弟緊緊抱住手中的金幣，害怕的說：「別……別過來……我可以把錢分你一半，我們各奔東西，你看怎麼樣？」

尼爾豹瞅了瞅他懷裡的金幣，攤了攤手

佯裝遺憾道：「唉……我很想答應你，但是這些錢連還我欠款的利息都不夠……」

說著，尼爾豹就掏出了一顆鵝卵石，正當他準備發動攻擊的時候，身後傳來了一陣哭喊聲。

借著朦朧的月光看去，剛才掉進臭水溝裡的黑熊大哥悄悄走了過來，他的手裡正提著哇哇大哭的小狼旋風。旋風完全被嚇壞了，黑熊大哥抽出了一把短刀，放在了旋風的胸口。

黑熊大哥說：「你最好識相點，否則，我就不客氣了……」

看到小狼被威脅，尼爾豹趕忙舉起了雙手，擔心的說：「別，別傷害他……我投降！」

黑熊大哥的臉上露出了猥瑣的笑容：「月光幻影，現在，我要你把我同夥手裡的袋子搶過來，丟給我，不然的話，嘿嘿……」

黑熊大哥動了動手中的短刀，一道光反射到了尼爾豹的臉上。

躲在角落裡的黑熊小弟震驚的問：「大哥，你這是什麼意思？」

黑熊大哥冷冷的說：「是你先丟下我的，你無情，就別怪我無義了！月光幻影，快給我上！」

正當尼爾豹高舉雙手，左右為難的時候，一道矮小的黑影閃過，尼爾豹仔細一看，閃電已經撲到了黑熊大哥的小腿上，張開自己的嘴，狠狠的咬了上去。

黑熊大哥發出一聲哀嚎：「哎喲，哪兒來的小鬼！」

趁著這個機會，尼爾豹瞄準了黑熊大哥的額頭，用盡全力彈出了手中的鵝卵石。

尼爾豹喊道：「雷霆電光小石子！」

鵝卵石像一顆爆裂的子彈，正中黑熊大哥的腦門兒，他疼得手一鬆，將旋風拋了出去。尼爾豹跳了起來，蹬了一腳下水道的牆壁，在空中接住了旋風。接著，另一發石子擊中了躲在角落裡的黑熊小弟。尼爾豹落地之後，左手將旋風護在胸口，然後用一記凶狠的滑鏟讓兩頭黑熊倒在了地上，再也沒辦法起來。

等到一切都塵埃落定之後，尼爾豹看了看懷裡的旋風，旋風向尼爾豹咧嘴一笑，說出了他狼生中的第一句話：「爸……爸爸……」

聽到這個，尼爾豹腳下一滑，差點把旋風從懷裡拋出去。

「別……別亂叫，我還沒結婚呢！」

旋風看著尼爾豹慌亂的樣子，開心的笑

了起來：「爸爸！」

尼爾豹搖了搖頭，歎氣道：「唉……真是拿你們沒辦法……」

黑熊搶劫案之後，隨著日子一天一天過去，尼爾豹和三隻小狼的感情越來越好。就

連剛開始對他充滿警惕的閃電都會經常纏著尼爾豹講月光幻影的故事。為此，尼爾豹還連夜做了一件小一些的風衣送給了閃電，他打心眼兒裡喜歡這幾個無家可歸的孩子。

一天上午，當尼爾豹走進閃電兄弟的房間時，察覺到了異樣。閃電用來防範敵人的石錘不見了，尼爾豹趕忙打開了櫃子，裡面也變得空空蕩蕩。正當尼爾豹焦急的準備去尋找他們的時候，一個塞滿彩帶的禮炮在櫃頂響了起來。

閃電帶著兩個弟弟從櫃子後面鑽了出來，他的手裡還抱著一個大大的鐵盒。

尼爾豹疑惑的問：「你們……這是在幹什麼啊？」

閃電淘氣的笑了笑，說：「月光幻影，為了紀念我們認識滿一個月，我們三個準備了很多禮物給你，看！」

說著，閃電就打開了手中的鐵盒，一樣樣的向尼爾豹介紹起來。

閃電說：「這是皮球送給你的英雄獎章，當然啦，我也幫了他一點小忙。」

閃電從鐵盒裡掏出了一枚塑膠的獎章，上面歪歪扭扭的刻著貓爪的圖案。閃電叉著腰，驕傲的說：「這是我用皮球咬破的那個奶瓶改的，怎麼樣，我的手藝還不錯吧？」

尼爾豹仔細瞧了瞧這枚奇怪的獎章，笑著說：「嗯……我覺得……還有很大的進步空間。」

閃電又說：「當當當——下面是我的禮物，一幅精美的簡筆畫，送給你。」

一張潦草的簡筆畫出現在尼爾豹的面前。畫上兩隻小狼坐在一隻雪豹的肩上，三人正躲在角落裡。一隻稍大一點的小狼擋在他們身前，他穿著月光幻影的風衣，正與兩頭高大的黑熊搏鬥。

尼爾豹點評道：「呃……要是能再真實一點就更好了……」

閃電摸了摸鼻子：「嘿嘿，保護你們是我的職責所在，不用謝。下面，就是真正的大禮了，一枚黃金吊墜！贈送者是旋風。」

尼爾豹看了看正在掰腳趾頭玩的旋風，旋風朝他笑了笑。

一枚金燦燦的吊墜被閃電從鐵盒裡拿了出來，戴到了尼爾豹的脖子上。尼爾豹捧起吊墜，仔細的看了很久，最後震驚的發現：「這個……真的是黃金做的！」

閃電說：「當然啦！這個送給你，感謝你這段時間對我們的照顧！」

尼爾豹把它取了下來，放在爪心裡，嚴肅的問：「這東西是從哪兒來的？」

閃電笑著眨了眨眼說：「保密！」

尼爾豹把吊墜放到了桌面上，認真的

問：「閃電，你跟我說實話，你是怎麼拿到它的？」

察覺到尼爾豹有些不對勁兒，閃電也收起了笑容：「嗯……這個……我不能告訴你……」

尼爾豹有些生氣了：「我跟你說過多少

次了，我們永遠都不能偷別人的東西，快說，這是從哪兒來的？我帶你把它還回去。」

閃電搖了搖頭，說：「這個不是我偷的，但是，我現在還不太想說……」

尼爾豹問：「為什麼？」

閃電有些不耐煩的回答：「哎呀……不為什麼……你到底要不要？如果不要的話就還給我！」

尼爾豹真的生氣了，他蹲了下來，雙手抓住了閃電的肩膀：「為什麼你不想說？你到底還有多少事情沒有跟我說？這條吊墜到底是從哪兒來的？今天，所有的事情你必須都一五一十的跟我說清楚！我永遠都不允許你再去當一個小偷！」

閃電用力掙脫開了尼爾豹的手，大喊道：「我憑什麼要聽你的！你又不是我們的爸爸！你永遠都別想管我！」

說完，閃電一溜煙兒的跑了出去，尼爾豹剛想抬腿去追，卻看到窗外的閃電已經跳上了一輛公車，消失在了視野之中……

整整一個下午，尼爾豹都待在這間屋子裡，他給旋風和皮球餵過奶粉，把他們哄睡之後，就靜靜的靠在窗邊，等待著閃電回來。時間一晃就到了傍晚，尼爾豹看著窗外來往的人群，腦海裡不斷迴響著閃電離開前的那句話：「你又不是我們的爸爸……」

尼爾豹看了看剛剛睡醒的皮球和旋風，決定今晚就待在這裡。如果明天還沒有等到閃電回來，他就把事情原原本本的告訴雪莉貓，然後和雪莉貓一起去找閃電。

3

夜狼幫的陰謀

今天正好是滿月，一輪皎潔的明月從地平線上緩緩升了起來，草原城看上去從來都沒有這麼安靜祥和過。尼爾豹站起來活動了一下，準備去給兩隻小狼準備今天的晚餐。突然，他看到皮球和旋風的眼睛都變成了深紅色，他們兩個像是失去控制一樣，爬到了窗台上，對著天空中的滿月伸出脖子嚎叫了起來。

「嗷嗚——」

「嗷嗚——」

兩隻小狼的嚎叫聲像一把鋒利的匕首，劃破了整片寧靜的夜空。正當尼爾豹不知所措的時候，天空中傳來了狼群的回應。

與此同時，尼爾豹的貓爪通訊器裡傳來

了雪莉貓的聲音：

「月光幻影，我發現有狼群正在往你的方向靠近，你要小心，我馬上就過去支援。記住，這次千萬不要掉以輕心，他們的幫主獨眼很強大！」

尼爾豹問：「祕密小姐，你是怎麼知道我在哪裡的？」

「我已經觀察你一段時間了，你記得夜狼幫嗎？他們一直停留在這裡，就是為了找到這三隻小狼！」

尼爾豹大驚：「什麼？」

還沒等尼爾豹反應過來，十幾隻凶惡的野狼已經包圍了他們的房子。尼爾豹把兩隻小狼關進櫃子裡，打開了房子的門……

一隻異常高大、戴著眼罩的狼從狼群中走了出來，說道：「喲，這不是大名鼎鼎的月光幻影嗎？我是夜狼幫的幫主獨眼。看來，是你把那幾個孩子偷走了！」

狼群用飢餓而貪婪的眼光盯著尼爾豹，興奮的再次嚎叫起來。

尼爾豹察覺到來者不善，擺出架勢：「呵呵……是夜狼幫啊，沒想到還沒等我出手，你們倒自己找上門了。」

獨眼扭了扭脖子，問：「我沒時間跟你瞎

扯！說！那三隻小狼崽子在哪兒？」

尼爾豹不甘示弱：「哼，他們跟你有什麼關係？」

獨眼說：「閃電可是被我選定的接班人，他的兩個弟弟也一定不會差，以他的身手，今後一定會帶領幫派大有作為的！所以，你最好乖乖把他們交出來。」

尼爾豹彎下了腰，做出防禦的姿態：「哦，是嗎？我要是說不呢？」

獨眼不想再多說，招呼道：「兄弟們，給我上！」

幾隻惡狼拿著武器，張開血盆大口向尼爾豹撲去。尼爾豹側身一閃，躲過了惡狼的攻擊，接著一手撐地，在地面上旋轉起來，雙腿向周圍的狼群快速踢去，幾隻衝在前面的惡狼被踢倒了，後面的惡狼遲遲不敢繼續進攻，只是形成了一個巨大的包圍圈，把尼爾豹牢牢的困在其中。

獨眼搖了搖頭，惡狠狠的說：「廢物！都是廢物！閃開，讓我來。」

獨眼從腰間取出了一個巨大的流星錘，晃了幾下後猛的朝尼爾豹砸了過來。尼爾豹用力一閃，流星錘砸到了地面上。正當尼爾豹準備還擊的時候，獨眼抬起了自己的左腳，狠狠的踢到了尼爾豹的肚子上。尼爾豹頓覺眼前一片漆黑，捂著肚子跪在了獨眼的面前。

獨眼笑了笑，說：「我再問你一遍，那三隻小狼崽子在哪兒？」

尼爾豹輕蔑的笑了笑：「咳……咳，你說什麼？」

獨眼抬起了左腳，一腳將跪著的尼爾豹踢倒在地。他踩碎了尼爾豹的通訊器，然後

用腳踩著尼爾豹的頭，又一次問道：「我是問，你把他們藏在哪兒了？」

尼爾豹被踩得幾乎說不出話來，他狠狠吸了一口氣，說：「我聽不見！」

「呵呵，算了，還是我自己去找吧。再見了，月光幻影……」說完，獨眼又揮動起了自己的流星錘。

「住手！」

就在這時，一個聲音響起，旋風和皮球從窗台上跳了下來，他們紅著眼，跌跌撞撞的擋在了尼爾豹的身前。狼群嚎叫了起來，獨眼興奮的說：「看看！看看！這不是我一直以來朝思暮想的小狼崽子嗎？」

一位狼女士從狼群裡跑了出來，她正是三兄弟的媽媽。她不顧一切的來到尼爾豹的身邊，流著淚抱住了自己的孩子，想要把他們帶走。然而旋風和皮球卻死死的咬住了尼爾豹的風衣，拼命擋在他的身前。

獨眼輕蔑的哼了一聲：「沒想到幾天不見，這群小狼崽子就開始維護外人了。既然他們選擇了背叛我，就不能怪我不客氣了。」

狼女士跪倒在獨眼的面前，乞求道：「幫主，求求你……求求你放過他們……他們……他們還是孩子……啊……」

獨眼抬起腳，一腳踢開了她：「哼！我要讓你們看看背叛我獨眼的下場！」

說完，獨眼又一次舉起了流星錘，可這次他還沒準備好，一顆光滑的鵝卵石就砸到了他的頭上。

獨眼憤怒的四處張望：「是誰偷襲我？」

所有的惡狼都向四周看去，但是並沒有找到扔石子的人。正當獨眼準備再一次攻擊尼爾豹的時候，一顆更大的石子砸中了他的腦袋。

在場的所有人面面相覷，誰也沒有看到敵人的影子。獨眼徹底憤怒了，他決定趕快解決掉尼爾豹。獨眼高高的揮舞起流星錘，失去通訊器的尼爾豹覺得一切都來不及了，他把兩隻小狼一把攬進了自己的懷裡，緊緊閉上了眼睛……

突然，他聽見了閃電的聲音：「無堅不摧大石錘！」

一個巨大的石錘從空中掉了下來，正好砸中了獨眼的腦袋。獨眼被砸得眼冒金星，所有的惡狼都抬頭看去，只見屋頂上，圓月前，出現了一個穿著黑紅披風的矮小身影。

「維護正義也是一門藝術，各位，歡迎來到貓爪怪探團的表演時間。我是灰狼閃電，

也是罪惡的剋星，月光小幻影！」

這不正是夜狼幫苦苦尋找的閃電嗎？正當幾隻惡狼露出了尖牙，準備撲上去抓住閃電的時候，一架直升機劃過了夜空，雪莉貓打開了直升機的探照燈，所有的惡狼都被突如其來的亮光晃得睜不開眼。

雪莉貓終於趕到了尼爾豹的位置，她還通知了草原城警察局。

一時間四周警笛大作，達利牛警官舉著

喇叭大聲喊道：「我們是草原城警察局的警察！在場所有的人通通都放下手上的武器，趕快投降！」

看到這樣的場面，夜狼幫的成員都亂了手腳，慌忙的四散而逃。尼爾豹用盡全力站了起來，他不顧自己渾身的傷痛，在人群中四處尋找著閃電的身影。但最終，他體力不支，又一次倒在了地上。

等尼爾豹醒來的時候，他已經躺在自己的房間裡，電視裡正播報著新聞。

「據最新消息，昨夜，草原城警方和犯罪集團夜狼幫進行了激烈的交鋒，雙方均傷亡慘重。目前，警方已逮捕集團主要成員三名，幫主獨眼暫時不知去向……」

尼爾豹感到自己的手臂失去了知覺，雪莉貓坐在他的床邊，輕聲說：「昨晚的戰鬥很激烈，我在警察發現你之前把你帶回來了。醫生已經來看過了，這次你傷得很重，好好養傷，千萬不要激動。哦，對了，早上我收到了一封寄給你的匿名信。」

尼爾豹拆開了信，裡面是之前旋風送給他的黃金吊墜，還有一張字跡潦草的紙條。

我是三隻小狼的媽媽，我把他們全都帶走了。我們決定離開夜狼幫，開始全新的生活。這個吊墜是我之前留給他們的，他們說一定要送給你，感謝你一直以來對他們的照顧。我知道，能讓他們成長的，不只有奶粉和糖，還有善良和愛。謝謝你，月光幻影爸爸。

雪莉貓說：「閃電應該是帶著弟弟們從臨海城跑出來的。在你開始照顧他們之後，我就一直在調查，這個夜狼幫可惡至極，他們專門收留狼族的小孩子，訓練並教唆他們犯罪。還好，我覺得這次對他們的打擊應該不小。」

尼爾豹轉過身，看著雪莉貓，問：「你之前一直都知道嗎？」

雪莉貓輕輕的點了點頭。

「那你為什麼從來都沒有問我呢？」

「因為每個人心裡都有柔軟的地方，需要被用心的保護起來，即便是能飛天遁地的月光幻影也不例外。」

祕密小姐的電台時間

第6集：援助流浪兒童

各位委託人，歡迎來到祕密小姐的電台時間。

我們常說，孩子才是世界的未來。但是在伊洛拉群島上，有一些不幸的孩子在很小的時候就被迫開始流浪了。在此，祕密小姐向大家呼籲，如果碰到了類似故事中閃電兄弟的情況，一定要儘早告訴他們的家人，或者聯繫社會上的兒童援助機構，讓他們不再流浪，幫助他們更健康的成長。

4

神奇的紫色藥水

夜幕降臨，伊洛拉群島水晶城外的礦山上方，升起了一輪明月。皎潔的月光灑向水晶城，照得城中央的水晶雕像熠熠生輝。城裡此時一片靜寂，居民們在結束了一天的辛勤勞作之後，已經進入了沉沉的夢鄉。如果這時有人恰好從夢中醒來，又恰好豎起了耳朵，或許他就能聽到窗戶外傳來一陣輕輕的、神祕的腳步聲。

月光下，一個身穿黑紅風衣、戴著面罩的帥氣身影一閃而過，貓爪圖案在月光下若隱若現。是貓爪怪探團的月光幻影！緊跟在他身後的，則是穿著貓爪行動服、披著白色斗篷的祕密小姐。他們矯健的身影在水晶城的街道裡穿梭，在他們的身後，還跟著一隻提著手提箱的、圓滾滾的土撥鼠，他正費力的奔跑著。

土撥鼠一邊大口喘著氣，一邊說道：「月光幻影，祕密小姐，等……等等我……」

尼爾豹放慢腳步，看著土撥鼠說道：「土撥鼠情報隊派你為這次行動提供即時的情報服務，你可不能拖我們的後腿呀。對了，你叫什麼來著，土圓、方圓還是滾圓？」

「我叫滾圓，專門負責情報隊的外出行動。」滾圓抹了抹額頭上的汗水回答道，「你放心，土撥鼠情報隊一定會竭誠為你們服務的，祕密小姐可是儲值了十年會員的尊貴客戶。不過，我還是想問一個小小的問題。」

滾圓說著向天空伸出一根手指：「為什麼我們要這麼鬼鬼祟祟的行動呢？」

尼爾豹咧嘴一笑：「那還用問？因為貓爪怪探團已經名揚天下，我月光幻影如果走在街上被認出來，引起轟動可就不好了。」

滾圓若有所思的點點頭，然後又伸出一根手指：「我還有一個小小的問題，街上一個人也沒有，我們怎麼會被認出來呢？」

一陣冷颼颼的風刮過，的確，水晶城的街上一個人影也看不到。

為什麼尼爾豹、雪莉貓和土撥鼠情報隊的滾圓會跋山涉水來到水晶城？他們究竟要在這裡展開什麼祕密行動呢？這一切，還要從兩天前說起。

尼爾豹伸了伸懶腰：「終於下班了。」

那一天，尼爾豹打了個哈欠，走進貓爪

怪探團的地下基地。雪莉貓正在基地裡查看最近收到的委託信。隨著貓爪怪探團的名聲越來越響亮，他們收到的委託信也變得越來越多。

尼爾豹來到雪莉貓身後，帶著一絲期待問道：「怎麼樣，雪莉貓，有收到什麼比較有意思的委託信嗎？」

雪莉貓神情嚴肅的點了點頭，指著螢幕說道：「尼爾豹，我們收到了一封內容非常長的委託信，講了一個既讓人傷感，又讓人氣憤的故事。總之，你看完之後就明白了。」

一聽雪莉貓這麼說，尼爾豹頓時充滿了好奇心。他揚起腦袋，仔細閱讀著委託信的內容，發生在遙遠的水晶城的故事也一點一點的在他眼前展開。

水晶城地處伊洛拉群島的邊緣地區，被一片群山包圍。然而，靠著豐富的水晶礦石資源，城市一直熱鬧繁華，城裡的居民們也過著安居樂業的日子。但是兩年前的一場變故，改變了這一切。

兩年前，水晶城棕熊城主的兒子因病去世了。棕熊城主每天都思念自己已故的兒子，已經到了茶不思、飯不想的地步。這時，城裡出現了一個戴著巫師帽、披著黑色斗篷的獼猴巫師，他宣稱自己有無邊的法力，可以消災解難，也能讓人心想事成。獼猴巫師打聽到了棕熊城主的住所，來到了棕熊城主的面前。

只見獼猴巫師從懷裡掏出一瓶紫色的藥水，畢恭畢敬的對城主說：「城主，我遠道而來，特地為你送上這瓶神奇的紫色藥水。這瓶藥水是我廢寢忘食，花了好幾年時間才配製出來的，凝聚著我強大的法力。只要你把它喝下去，就很有可能再次見到自己的兒子！」

「怎麼可能有這麼神奇的藥水呢？」棕熊城主看了看獼猴巫師，又看了看他手中的紫色藥水，疑惑的問。不過一想到有機會再見到自己的兒子，備受喪子之痛折磨的棕熊

城主還是決定冒險試一試。

　　棕熊城主半信半疑的喝下了藥水。沒想到沒過多久，他的目光就變得有些迷離。忽然，棕熊城主睜大眼睛，把手往前一伸，激動的對著空氣喊道：「兒子，是你嗎？是你嗎？難道，我真的再次見到了你?!」

　　一旁的獼猴巫師高興的鼓著掌，趕忙說：「沒錯，棕熊城主，你看到的就是你日思夜想的兒子！是我這神奇的紫色藥水發揮了作用！」

　　「兒子，爸爸終於再次見到了你！你不知道，我有多想你啊！」棕熊城主淚汪汪的說道，對著空氣傾訴自己的思念之情。但是沒過多久，棕熊城主又急切的喊了起來：「兒子，你怎麼越來越模糊了？你別走啊，別走！」

　　棕熊城主胡亂揮舞著手，卻無法阻止兒子消失。他恍恍惚惚的眨眨眼睛，問獼猴巫師：「怎麼回事？為什麼我的兒子出現了又消失了？」

　　獼猴巫師抿著嘴笑了笑，不慌不忙的回答：「城主，沒辦法，紫色藥水起作用的時間有限，只能短暫的讓你看到兒子。但我可以施展我的法力，配製出更多的紫色藥水，這樣城主你就能經常看到自己的兒子啦。不過嘛，嘿嘿，配製紫色藥水可是需要非常珍貴的原料的……」

棕熊城主趕忙點頭，用哀求的目光看著獼猴巫師：「獼猴巫師，只要能讓我見到我的寶貝兒子，就算要我把天上的星星摘下來我也在所不惜！」

從此以後，棕熊城主就好吃好喝的供著獼猴巫師，對獼猴巫師的話深信不疑。獼猴巫師告訴棕熊城主，配製紫色藥水需要珍貴的紫水晶作為原料，棕熊城主不僅把自己珍藏的紫水晶全拿了出來，還讓水晶城的礦工們日夜不停的開採，只為挖出更多稀有的紫水晶。許多礦工累倒了，水晶城周圍的礦山差不多都被挖空了，昔日美麗的水晶城變得塵土飛揚，陷入了一片死寂……

委託人在這封委託信的最後寫道：「我的爸爸就是水晶城的一名礦工。他已經因體力

不支而多次暈倒，但還是不得不繼續工作。我和其他水晶城的居民多次勸說棕熊城主，讓棕熊城主不要再相信獼猴巫師，然而棕熊城主沉迷其中，根本不理會，還說要把我們趕出水晶城。唉，我們已經沒有辦法了，貓爪怪探團，現在也許只有你們能夠拯救我的爸爸，拯救水晶城了，請你們一定要接下委託！水晶城穿山甲小姐留。」

看完委託信，尼爾豹果然又傷感、又氣憤，他握緊拳頭，咬著牙說道：「這個獼猴巫師太可惡了，把好好的一座城市搞得烏煙瘴氣！我們貓爪怪探團一定要好好教訓教訓他，揭穿他的騙局！」

雪莉貓鄭重的點了點頭：「我已經決定接下這個委託了。尼爾豹，收拾好東西，我們去一趟水晶城。對了，行動過程中可能需要即時的情報服務，我讓土撥鼠情報隊派一位隊員和我們一起行動吧。」

就這樣，兩天之後的一個夜晚，尼爾豹、雪莉貓和土撥鼠情報隊的滾圓，祕密到達了水晶城。

5

設局引巫師

尼爾豹望了望冷清的街道，說：「看來穿山甲小姐說的是真的，整座城市都沒有了生機。都是那個獼猴巫師搞的鬼，不過……難道獼猴巫師真的有法力，會巫術嗎？神奇的紫色藥水又是怎麼回事呢？」

滾圓在一旁嘿嘿一笑，搓了搓手，興奮的說道：「終於輪到我發揮作用啦！讓我用土撥鼠情報機查一查。」

滾圓打開隨身攜帶的手提箱。原來，這是一台可攜式情報機，裡面錄入了土撥鼠情報隊搜集到的所有情報。

滾圓飛快的敲打著情報機的鍵盤，不一會兒就說道：「有了！類似的情況在伊洛拉群島上出現過三次，每一次都被證明是騙局。

神奇的紫色藥水其實是用某種毒蘑菇製成的，喝下去之後，人會產生幻覺。」

原來如此！尼爾豹打了個響指，說：「我們一定要想一個絕妙的辦法揭穿獼猴巫師的謊言，讓他再也不敢欺矇拐騙。」

雪莉貓微微一笑，不慌不忙的說：「放心吧，我早已經有了一個完美的計畫，我會讓獼猴巫師自己現身，然後在所有人面前自己揭穿自己的騙局。貓爪怪探團，開始行動！」

第二天一早，水晶城最熱鬧的廣場上，突然響起了一陣響亮的敲鑼聲。水晶城的居民們好奇的看過去，只見一隻花豹一邊敲著鑼，一邊扯著嗓子大喊。

在這隻花豹身後盤腿坐著的就是梅花

走過路過千萬不要錯過！我的師父梅花鹿大師從深山修煉歸來，擁有無邊法力，今天特地來到水晶城，為大家排一切憂，解一切難，大家千萬不要錯過機會！

鹿大師。這位梅花鹿大師頭戴斗笠，臉藏在面紗裡，顯得十分高深莫測。

很快，花豹徒弟和梅花鹿大師身旁就聚集了不少人，連給貓爪怪探團發送委託信的穿山甲小姐也來了。穿山甲小姐有些絕望的想：

「獼猴巫師沒走，怎麼又鑽出來一個梅花鹿大師？水晶城真是越來越混亂了。」

她萬萬想不到，面前的梅花鹿大師

和花豹徒弟，正是貓爪怪探團的祕密小姐和月光幻影假扮的。此刻，他們被好奇的人群包圍起來。

「梅花鹿大師？」一位狐狸大叔挑了挑眉毛，說道，「沒聽說過啊。大家只知道水晶城有一位法力高強的獼猴巫師，不知道這位梅花鹿大師和獼猴巫師哪個更厲害？」

花豹徒弟放下鑼，走到梅花鹿大師面前，畢恭畢敬的問道：「師父，有人問您和獼猴巫師誰更厲害？」

梅花鹿大師輕聲開口，說的卻是大家根本聽不懂的語言：「嘰嘰，嘰嘰嘰嘰，嘰。」

「嗯，明白明白……」

花豹徒弟一邊聽，一邊點著頭。過了一會兒，他轉過身來，脖子一揚，得意揚揚的說：「我師父說了，獼猴巫師在她面前，只能算這個。」

說著，花豹徒弟高高的舉起了自己的小拇指。

人群中一片譁然，這個梅花鹿大師居然根本沒有把獼猴巫師放在眼裡，她真有這麼厲害嗎？大家都有些不相信。正在這時，一隻土撥鼠急匆匆的擠過人群，來到最前面。

「大師，大師……救我……哎喲，好痛……」

土撥鼠摸著自己的右臉頰，大家這才看到，他的臉上腫著一個拳頭大的大包。

土撥鼠繼續一臉痛苦的說道：「你說你法力高強，能消災解難，我的臉上不知道怎麼回事，突然腫起來一個大包，連水都沒辦法喝了，你能幫幫我嗎？」

「當然沒問題，簡直是小菜一碟！」

花豹徒弟把土撥鼠帶到梅花鹿大師身邊。所有人都睜大了眼睛，看梅花鹿大師如何為土撥鼠醫治。

只見梅花鹿大師不動聲色，慢慢抬起了自己的一隻手，嘴裡念念有詞。忽然，她的手在土撥鼠臉上輕輕拂了一下，大家再仔細一看，土撥鼠臉上的大腫包已經消失了！

土撥鼠捂著自己的臉頰，興奮的尖叫道：「神了神了神了！梅花鹿大師，你太厲害了！」

看到這一幕，人群中響起一陣嘖嘖的讚嘆聲：

「天哪，梅花鹿大師果然名不虛傳！」

「感覺比獼猴巫師還要神！」

花豹徒弟這時悄悄對土撥鼠說道：「滾圓，你和祕密小姐配合得不錯嘛。」

滾圓點點頭，嚥了一口口水：「我的演技

還不錯吧？就是一下子把嘴裡含著的棗子吞下去，差點噎著我。嘿嘿，這種搜集情報以外的工作，可是要另外加錢的喲！」

尼爾豹手一揮：「沒問題，反正付錢的是祕密小姐。你現在就再去多找一些臨時演員來，我們要讓梅花鹿大師的名聲傳遍整個水晶城！」

「明白！土撥鼠情報隊竭誠為您服務！」

土撥鼠情報隊做事果然乾脆俐落，在請來的臨時演員的配合下，沒過多久，梅花鹿大師的名聲就傳遍了水晶城。很快，消息也傳到了獼猴巫師的耳朵裡。

「師父，不好啦，不好啦！」一隻松鼠躥進一間樹屋，嘴裡高聲喊道。他扭頭四處張望，只看到了屋裡成堆的香蕉皮。

「師父，您在哪兒？」

獼猴巫師慢慢悠悠的從堆積成山的香蕉皮中探出腦袋，問道：「慌慌張張的，什麼事啊？都說了，遇事要淡定。」

松鼠弟子著急的說：「師父，沒法兒淡定了，水晶城裡突然冒出來一個梅花鹿大師，旁邊跟著一個花豹徒弟，他們說自己法力高強，既能預言吉凶，還能消災解難，大家都十分相信呢！」

獼猴巫師不慌不忙的剝著香蕉皮，說道：「哦，招搖撞騙嘛，就跟我一樣……咳咳，沒什麼大不了的，他們騙騙錢就走了。」

松鼠弟子還是滿臉焦急狀：「師父，可是他們根本不收錢！而且……而且他們還說什麼獼猴巫師，只是這個——」

說著，松鼠弟子舉起了自己的小拇指。

「什麼?!」獼猴巫師瞪大眼睛，有些不淡定了。

松鼠弟子繼續說道：「那個花豹徒弟十分囂張，他說您會的梅花鹿大師都會，他們甚至也有神奇的紫色藥水，喝下去就能看到死去的親人。我親眼看到一隻土撥鼠喝下了紫色藥水，然後說看到了去世的母親。花豹徒弟還說，他們的藥水只收成本價，一百塊！師父，您想一想，要是棕熊城主知道了，還會拿珍貴的紫水晶跟我們換藥水嗎?!」

獼猴巫師把手裡的香蕉扔到地上，咬牙切齒的說：「我最恨的就是這種招搖撞騙的人，不僅招搖撞騙，還搶別人的飯碗！不行，我必須想辦法，把他們趕出水晶城！」

獼猴巫師轉著自己圓溜溜的眼睛想著，忽然唧唧唧笑了起來，對著松鼠弟子的耳朵悄聲說道：「我有辦法了，我們先這樣……然後這樣……」

松鼠弟子頻頻點頭，眼睛裡閃出亮光：「不愧是師父，您太高明了！」

水晶城的廣場上，松鼠弟子緩緩走到梅花鹿大師和花豹徒弟面前，敲了敲掛在一旁的鑼，鑼咚的一下發出一聲巨響。

花豹徒弟上前問道：「松鼠先生，有什麼需要幫忙的，梅花鹿大師都可以幫你喲！」

松鼠弟子昂著頭哼了一聲，看到周圍已經聚集了不少人，他不慌不忙的說道：「哼，我是代表我師父來下戰書的！」

他從口袋裡掏出一封戰書，清了清嗓子念起來：「咳咳，梅花鹿大師，我獼猴巫師和你素不相識，你卻說我是這個——」

松鼠弟子高高舉起了自己的小拇指，引起一片哄笑。他繼續念：「本巫師很生氣，後果很嚴重！現在我正式向你發出挑戰，好讓水晶城的居民看看，究竟誰的法力更高強。有膽接受挑戰的話，明天早上九點在水晶城廣場，我們一決高下！獼猴巫師留。」

「好啊！竟敢主動挑戰梅花鹿大師，有勇氣！」扮成花豹徒弟的尼爾豹鼓了鼓掌，笑著接下了戰書，「那就說好了，明天早上九點，我們不見不散！」

第二天一早，水晶城廣場被圍得水泄不通，大家踮起腳，伸著脖子，興奮的等待著，還熱烈的討論著：

「今天可是獼猴巫師和梅花鹿大師大對決的日子，不知道誰會贏呢！」

「反正有好戲看啦。你們看，棕熊城主也來了！」

「他當然要來，據說，是獼猴巫師特地請他來當裁判的！」

棕熊城主坐在廣場中央，朝大家微微點頭。隨著廣場的鐘聲響起，吵吵嚷嚷的人群安靜下來，自動的讓出一條道路，獼猴巫師頭戴巫師帽，身披黑色斗篷，緩緩走了過來。梅花鹿大師則帶著花豹徒弟從另一個方向走來。

雙方同時走到廣場中間，停下了腳步。

獼猴巫師打量了梅花鹿大師和花豹徒弟一番，眼神裡滿是不屑，說道：「好哇，你們居然真的敢來。你們吹噓自己法力高強，能預言吉凶，不知道你們有沒有預見到自己今天會被我打得落花流水，灰溜溜的逃出水晶城呢？」

假扮成花豹徒弟的尼爾豹笑了笑：「我們當然預見了今天會發生的事。獼猴巫師，我只有一句話要送給你——小心香蕉皮。」

「什麼『小心香蕉皮』？」獼猴巫師搔了搔頭，隨後滿不在乎的說，「聽不懂。我看你們啊，就是在故弄玄虛。哼，別廢話了，我的法力，水晶城裡無人不知，無人不曉。梅花鹿大師，你有什麼真本事，快亮出來吧！」

「嘿嘿，對付你，有我就夠了！」只見花豹徒弟挽起袖子，打了一個清脆的響指招呼道，「來，把油鍋抬上來！」

兩隻公牛抬上來一口油鍋。油鍋冒著滾滾熱氣，裡面的熱油沸騰著，咕嚕咕嚕的冒著氣泡。

裝成花豹徒弟的尼爾豹挑了挑眉毛，問道：「獼猴巫師，你敢把手伸進油鍋裡面嗎？」

獼猴巫師往後退了一步，說道：「我又不傻，當然不會把手伸進滾燙的油鍋裡啦！」

花豹徒弟說：「那你睜大眼睛看好了，徒手下油鍋，瞧我的厲害！」

只見花豹徒弟高高舉起了自己的手臂，

然後把手一伸，直直伸進了沸騰的油鍋裡。人群一下子沸騰起來：

「天哪，他不怕被燙傷嗎？」

「不僅沒有被燙傷，他的表情看起來還很享受呢！」

獼猴巫師震驚的睜大了眼睛，而花豹徒弟則得意揚揚。

藏在人群中的滾圓悄聲感歎道：「祕密小姐，我一直覺得月光幻影有點靠不住，想不到他這麼厲害，居然敢把手伸進油鍋裡！」

滾圓的話透過貓爪通訊器傳進了雪莉貓的耳朵，雪莉貓低聲解釋道：「其實，油鍋裡裝的大部分都是醋，只是表面浮著一層油。下面的醋沸騰了冒出泡泡，看起來像是油在沸騰，其實，這時候鍋裡的溫度連洗澡水都燒不開呢！格蘭島的神探邁克狐早就揭祕過啦，只是水晶城的人不知道而已。不過，月光幻影的演技未免有點太浮誇了。」

滾圓連連點頭：「原來如此！我要記在情報機裡！」

水晶城廣場上，所有人都睜大眼睛，望著尼爾豹假扮的花豹徒弟。大家都被他的表演震撼了，整個廣場的人都陷入了激烈的議論之中：

「敢把手伸進滾燙的油鍋，比獼猴巫師厲害多啦！」

「對啊，而且這還是徒弟的法力，師父都沒有出場。」

「看來梅花鹿大師要贏得這場對決了！」

獼猴巫師的臉色變得有些難看，心想：「看來他們的確有兩下子。不過我不能慌張，對，要保持淡定！對了，有辦法了！」

獼猴巫師很快就鎮定下來，只見他取下

腰上掛著的紫色藥水，冷笑一聲說：「哼，你們的確有點法力。不過，我有祕密武器——神奇的紫色藥水。這可是凝聚著我最強法力的藥水，棕熊城主在喝下我的藥水之後，看到了死去的兒子。我打賭，你們絕對配製不出這樣神奇的藥水！」

一直在一旁觀看對決的棕熊城主這時站了起來，激動的說：「對對對，徒手下油鍋雖然厲害，但卻沒有什麼用，而獼猴巫師那神奇的紫色藥水，真的讓我看到了我最思念的兒子。對比起來，還是獼猴巫師的法力更高強！」

聽到這話，覺得勝券在握的獼猴巫師陰險的笑了起來。

一直沉默的梅花鹿大師此時開口說道：「嘰嘰，嘰，嘰嘰，嘰嘰嘰嘰嘰……」

她的話語讓在場所有人都摸不著頭腦，誰也聽不懂這位大師到底在說什麼。只見花豹徒弟一邊聽，一邊連連點頭。之後他轉過身來，大聲的向棕熊城主，也向廣場上的所有人說道：「我師父說了，配製這樣的藥水嘛，簡直是小菜一碟。神奇的紫色藥水，我們也有！現在就請棕熊城主喝下我們的藥水！」

花豹徒弟在懷裡掏了掏，然後舉起一個透明的藥水瓶，裡面紫色的藥水在陽光下閃閃發光。

花豹徒弟說道：「喝下我們的藥水，棕熊城主就會見到死去的兒子。我們想用這種方式證明，獼猴巫師的紫色藥水根本沒有什麼神奇之處，不過是會讓人產生幻覺而已！而且配製紫色藥水也完全不需要紫水晶，一切都是獼猴巫師的騙局！」

聽說要揭穿自己的騙局，獼猴巫師臉色一變，他咬著牙，惡狠狠的說道：「你們簡直是欺人太甚，不對，欺猴太甚！我倒要看看，你們能不能配製出和我一樣的神奇紫色藥水！」

棕熊城主此時站起來，一把拿過尼爾豹手中的藥水說：「不管這麼多了，反正誰能讓我見到我的兒子，我就宣布誰贏！」

棕熊城主擰開瓶蓋，仰著頭咕咚咕咚把藥水一飲而盡。喝下藥水之後，他就瞇著眼睛，靜靜等待藥水生效。

尼爾豹悄悄對著通訊器說：「一切都按計劃進行。祕密小姐，眾目睽睽之下，我們馬上就可以揭穿獼猴巫師的騙術了。」

但一分鐘過去了，五分鐘過去了，十分

鐘過去了……喝下藥水的棕熊城主不停的眨著眼睛，看了看花豹徒弟，又看了看梅花鹿大師，他的眼神有些迷茫：「我怎麼沒看到我的兒子出現？你們的藥水根本沒有作用嘛！」

沒有作用？怎麼會這樣？尼爾豹和雪莉貓交換了一個眼神，一時愣住了。

「唧唧唧唧……」

獼猴巫師狂妄的笑聲響了起來。他走到花豹徒弟身邊，壓低聲音說道：「紫色藥水是用一種叫作見手青的蘑菇配製的，想必你們早就知道了吧？不過你們不知道的是，我早就讓松鼠弟子把水晶城周圍的見手青都採光了，還把普通的蘑菇塗成了見手青的樣子，你們的藥水根本就是沒用的蘑菇汁。如此一來，棕熊城主絕對不會再相信你們了，反而會更加信任我！嘿嘿嘿，你們還是從哪兒來就回哪兒去吧，水晶城是我的地盤！」

獼猴巫師得意揚揚，他趕忙捧出自己的紫色藥水，交給棕熊城主，換了副笑臉說道：「城主，我這藥水的魔力是無法複製的，梅花鹿大師他們根本就是在騙你。城主，這瓶剛配製好的藥水是我送給你的，你見過兒子之後，就快把招搖撞騙的梅花鹿大師趕出去吧，嘿嘿嘿！」

棕熊城主點點頭：「獼猴巫師，我就知道還是你靠得住。孩子啊，我好想你，我又來看你了！」

他仰著腦袋，張開嘴，準備喝下獼猴巫師的藥水。

眼看獼猴巫師就要再次得到信任，一直在廣場上關注這一切的穿山甲小姐忍不住了，她衝上前，喊了出來：「棕熊城主，不要相信獼猴巫師，藥水是用毒蘑菇配製的，你看到的兒子不過是你的幻覺！城主，要是你再被騙下去，水晶城就徹底沒救了，我的爸爸也……」

穿山甲小姐眼裡湧出淚水。

「閉嘴！」獼猴巫師呵叱道，他揮了揮手，對一旁的松鼠弟子使了個眼色。松鼠弟子趕忙帶著兩隻胡狼衝了過去，捂住穿山甲小姐的嘴，讓她不能再說話。

「喝吧喝吧喝吧，」獼猴巫師看著棕熊城主，滿臉堆著笑，「棕熊城主，喝下去你就能見到你的兒子了。我保證，絕對不是幻覺。喝吧喝吧喝吧……」

棕熊城主仰頭喝下了獼猴巫師的藥水，然後打了個嗝。

然而一分鐘過去了，五分鐘過去了……棕熊城主眨了眨眼睛，心裡暗暗想：「奇怪，為什麼這次喝了藥水後，沒有暈乎乎的感覺，視線也沒有變得模糊？該不會獼猴巫師的藥水也失效了吧？」

就在他有些擔憂的時候，藥水生效了！棕熊城主的眼睛一亮，看到一隻小棕熊擠過人群，來到了他的面前。棕熊城主眼睛眨也不眨的盯著這隻小棕熊：圓圓的腦袋、毛茸茸的耳朵……沒錯，這就是自己日夜思念的兒子！棕熊城主看得那樣真切，比以前喝藥水時看到的有些扭曲的景象還要清晰得多。獼猴巫師的藥水果然神奇！

「爸爸！」

棕熊城主跑過去抱住了小棕熊。他激動的說：「孩子……孩子……我終於再次見到你了，我好想你啊！」

小棕熊點點頭：「我也好想你，爸爸，多虧了獼猴巫師，我們才能再次見面。」

棕熊城主的眼眶濕潤了，他感激的看著獼猴巫師，真誠的說：「獼猴巫師，謝謝你，果然還是你的法力更高強。」

面對棕熊城主的誇獎，獼猴巫師卻愣住了，他臉上一陣紅，一陣白，呆呆的眨了眨

眼睛，又揉了揉自己的眼眶，還是不敢相信眼前的一幕：不僅棕熊城主看到了小棕熊，連沒有喝下藥水的獼猴巫師也看到小棕熊活蹦亂跳的出現在了自己眼前！

6

藥水的真相

不僅僅是棕熊城主和獼猴巫師，廣場上的其他人也都看到了這一幕，這不可思議的事件讓廣場炸開了鍋：

「我沒看錯吧？我真的看到了小棕熊？」

「我也看到了！已經去世的小棕熊，復活了！」

棕熊城主難以抑制心中的激動。雖然之前透過藥水看到過自己的兒子，但從沒有哪一次像這次一樣感覺如此真實，他有些難以置信的揉了揉眼睛，說道：「我太幸福了，獼猴巫師，這不是我的幻覺吧？」

小棕熊咧嘴一笑，也看著獼猴巫師：「獼猴巫師，快告訴爸爸，他沒有出現幻覺！」

「呃……啊……當然，呃……這不是幻覺。

這……這當然是我藥水的力量，嘿嘿嘿。」獼猴巫師回答道，臉上勉強擠出一個笑容，然而他的心裡卻感到納悶。

這到底是怎麼回事？眼前的一幕讓獼猴巫師一頭霧水，但他肯定不能告訴大家這是幻覺。正當大家把目光聚集在小棕熊身上的時候，沒有人注意到，梅花鹿大師身邊的花豹徒弟此時已不見蹤影。梅花鹿大師按下了耳朵裡的通訊器的按鈕，輕聲說起話來。她說話的聲音透過貓爪通訊器傳到了小棕熊的耳朵裡：「月光幻影，時候不早了，執行計畫吧。」

小棕熊輕輕點了點頭，忽然咧嘴一笑，對棕熊城主說道：「爸爸，我要告訴你一個好消息，我知道一個方法，能讓我起死回生，這樣我們以後再也不用靠藥水才能見面了！」

棕熊城主十分激動：「什麼辦法?!我一定竭盡全力做到！」

小棕熊朝獼猴巫師擠擠眼：「那就是——讓獼猴巫師待在最黑最深的礦洞裡，用他全部的法力，配製出一瓶神藥，需要的時間稍微長一點，要花……五十年。這五十年裡，獼猴巫師一定要全心全意配製藥水，一步也不能離開礦洞，否則就不會成功！」

棕熊城主高興的點著頭：「好啊，我的孩子，我一定讓獼猴巫師把藥水配製出來，這樣我們就又可以團聚啦！」

「獼猴巫師，」棕熊城主轉向獼猴巫師說道，「你一定願意吧？你放心，在礦洞裡的這五十年，我一定不會虧待你的！」

「啊！」獼猴巫師聽了，臉色慘白，「待在礦洞裡，五十年！那不就是坐牢嘛！棕熊城主，你……你……你不要相信這個小棕熊的話，他……他……他是假的，是你的幻覺，幻覺！」

棕熊城主氣衝衝的說：「你剛才明明說過，這不是幻覺！獼猴巫師，我看你就是不想配製藥水，故意找藉口！我不管啦，你必須去礦洞給我配製藥水！」

「這這這……我我我……你你你……」獼猴巫師一下子慌了神，說話都結巴起來。

棕熊城主往前跨了一步，伸出巨大的熊掌，一把揪住獼猴巫師：「獼猴巫師，走吧，馬上跟我去礦洞！」

想到自己要被關在不見天日的礦洞整整五十年，獼猴巫師渾身哆嗦起來，大腦迅速運轉，最後得出了一個結論：「大事不妙，我還是趕緊溜吧！」

獼猴巫師假裝答應了棕熊城主，等到

棕熊城主放鬆了警惕，他往旁邊一躥，拔腿就跑。棕熊城主在後面緊追不捨，水晶城的衛兵也衝了出來，要幫棕熊城主抓住獼猴巫師。此時的廣場被圍觀群眾堵得水泄不通，獼猴巫師滿頭大汗，好不容易找到一條小路，慌慌張張的從人群中鑽了出來。

小棕熊緊跟在獼猴巫師的身後，低聲說道：「獼猴巫師，別跑啦，還是乖乖去礦洞吧！」

獼猴巫師這下聽出來了，這不是花豹徒弟的聲音嘛！他一邊跑，一邊喊道：「你們到底在搞什麼鬼？為什麼我的紫色藥水沒有起作用？為什麼你一下變成了小棕熊？」

「獼猴巫師，在你換掉毒蘑菇之前，我們已經換掉毒蘑菇了，所以你的藥水也只是普通的蘑菇汁。現在，你不僅『法力』失效，還必須親口告訴棕熊城主這一切都是你的騙局，要是再不坦白，你就要被抓去礦洞囉。對了，你有沒有想起我一開始就送給你的那句『小心香蕉皮』呀？」

「啊？香蕉皮？啊——」獼猴巫師腳下一滑，發出一聲尖叫。

原來，雪莉貓早就料到獼猴巫師會從這條小路逃跑，所以在路上放了許多香蕉皮。

獼猴巫師一腳踩在香蕉皮上，發出一聲慘叫，手舞足蹈的滑行了好幾公尺，然後一屁股摔到了地上。

棕熊城主帶著衛兵隨後趕來，他要把獼猴巫師抓去礦洞。獼猴巫師癱坐在地，明白自己已經走投無路。

獼猴巫師舉起手擋在面前，顫抖著說：「我承認，我是個騙子。棕熊城主，神奇的紫色藥水其實是用一種毒蘑菇配製成的。一直以來，你看到的兒子只是你的幻覺！其實我一點法力也沒有，只會坑蒙拐騙，是個大……大……大騙子！求求你，饒了我吧！」

棕熊城主還是有些不相信。他搔了搔頭：「騙子？幻覺？那我剛才看到的是……」

棕熊城主轉過頭去，發現小棕熊已經不見了蹤影。

緊接著，只聽嗖的一聲，一條銀亮的滑索劃過天空，緊緊纏繞在廣場中間的一座水晶雕像上。一個身穿黑紅風衣、戴著面罩的帥氣身影緩緩降落在雕像上，風衣長長的下擺在風中飄揚，吸引了所有人的目光。

「維護正義也是一門藝術，各位，歡迎來到貓爪怪探團的表演時間。我是花豹徒弟，也是小棕熊，當然，我真正的名字叫作月光幻影。」

穿山甲小姐睜大了眼睛，一下子明白過來，興奮的喊道：「貓爪怪探團，你們真的來了！原來這一切都是你們的計畫！」

月光幻影微微一笑，露出潔白的牙齒：「現在，獼猴巫師的騙術已經被他自己揭穿，他再也不能繼續行騙了。請大家記住，這個世界上並不存在什麼巫術，也不存在什麼法力。大家永遠要相信的是科學，以及——貓爪怪探團。今天的表演到此結束，我們下次再見！」

月光幻影輕輕躍起，風衣在空中一舞，便消失在了大家眼前，只留下了紛紛揚揚的白色卡片。大家拿起卡片一看，只見上面畫著一個貓爪標誌，還寫著一句話：貓爪怪探團，解決您的一切煩惱。卡片最下面則是一個神祕的網站位址。

大家舉著卡片，互相看了看，還沒有從驚訝中回過神來。這時有人發現，剛才還在廣場上的梅花鹿大師，不知什麼時候也消失得無影無蹤了。

獼猴巫師呆呆的坐在原地。他和他的徒弟們已經被水晶城的衛兵包圍，等待他們的將是法律的制裁。

棕熊城主已經明白了一切是怎麼回事。他望著遠方，眼睛裡閃著淚光，長歎了一口氣，緩緩說道：「唉——原來一切都是獼猴巫師的騙術，是我被幻覺蒙蔽了雙眼！看看我都做了些什麼！我必須振作起來，不能再讓水晶城的居民們受苦了！」

太陽落山了，皎潔

的月光灑落在水晶城。兩個身穿貓爪行動服的帥氣身影正快步向城外走去，他們身後還跟著一隻圓滾滾的、提著手提箱的土撥鼠。貓爪怪探團，就是這樣來無影去無蹤。

尼爾豹伸了個懶腰，歎了口氣：「行動圓滿結束。唉，不過，又得回去上班了。」

滾圓這時從身上掏出了一張長長的帳

單，搓了搓手說：「祕密小姐，你看，這是這次的帳單明細，我們會直接從你預付的錢裡扣除的……」

雪莉貓看了一眼上面的數字，瞪大了眼睛：「居然花了這麼多錢！」

滾圓捂住口袋趕忙回答：「土撥鼠情報隊守則第六條——土撥鼠的情報費，絕對不退！嘿嘿嘿……」

接著滾圓又神祕的說道：「不過，祕密小姐，我們要送你一條特別情報——我們已經查到了獼猴巫師收下的那些紫水晶的去向，你聽了之後，一定會大吃一驚的。這和你一直在追查的那個祕密有重大關係！」

祕密小姐的電台時間

第7集：巫術與科學

各位委託人，歡迎來到祕密小姐的電台時間。

在日常生活中，我們有時會遇到像獼猴巫師那樣聲稱自己會巫術、有法力的人，然而實際上，他們只是用巫術、法力之類的說辭，把正常的自然現象包裝起來，借此坑蒙拐騙而已。

要如何區分巫術與科學呢？巫術總是迷信權威，用一套無法證明的理論來解釋世界；而科學則充滿了懷疑精神，在不斷實驗和研究中建立起嚴謹的理論，並且在實踐中不斷經受著檢驗。在面對繽紛多彩的世界時，我們應該秉持科學精神，不斷求真求實，遇到問題時打破砂鍋問到底，這樣就不會被巫術所欺騙啦。

7

塵封往事

交班之後，尼爾豹左看看右看看，然後身子一閃，進入貓爪便利店的庫房。隨著一陣嗡嗡的聲音，他乘坐電梯，來到了地下基地裡。尼爾豹伸了個懶腰，打了個大大的哈欠：「啊，終於下班了。」

他假裝漫不經心，實際上眼睛一直盯著雪莉貓手中燙金封面的筆記本。因為剛才尼爾豹一走進來，雪莉貓就趕緊把筆記本合了起來，這引起了他的注意。

「咳咳。」尼爾豹清了

清嗓子，把一瓶果汁放到桌上，對雪莉貓說道：「雪莉貓，請你喝果汁，你看，你都熬出黑眼圈了。」

雪莉貓微微一笑，說道：「你這麼摳門，居然捨得請我喝果汁，是不是還有什麼其他目的啊？」

尼爾豹嘿嘿一笑，湊近說：「自從我們離開水晶城，你就一副心事重重的樣子。我聽土撥鼠情報隊的滾圓說，他在幫你調查一個大祕密。這幾天，你一直在基地裡閉門不出，是不是跟這個祕密有關？大祕密……到底是什麼啊？」

尼爾豹湊近，雪莉貓卻搖了搖頭：「這可是專屬於祕密小姐的祕密，你不會以為，一瓶果汁就能和我交換吧？」

尼爾豹眼珠一轉，想了想說道：「這樣吧，我問你幾個問題，要是你都答不上來，你就把祕密告訴我。」

雪莉貓乾脆的回答：「好啊，這個世界上沒有我回答不了的問題，快說吧！」

尼爾豹坐到一旁的椅子上，仰著腦袋，自信滿滿的說道：「第一個問題，為什麼黃瓜是綠色的，我們卻叫它黃瓜？」

雪莉貓說：「嗯，這個嘛……」

尼爾豹咧嘴一笑，繼續問：「為什麼冬瓜在夏天成熟，我們卻叫它冬瓜？為什麼明明是太陽曬著我們，我們卻說是我們在曬太陽？為什麼……」

雪莉貓擺了擺手，趕忙打斷尼爾豹：「尼爾豹，難道你就沒有正常一點的問題嗎？好吧，我願賭服輸。」

她無奈的聳聳肩：「反正，我已經收集好了情報，在下一步行動之前，我正想找個機會，把事情的來龍去脈都告訴你。」

「原來你早就準備告訴我了，」尼爾豹嘀咕著，「早知道我就不請你喝果汁了……」

雪莉貓問：「你在小聲念叨些什麼？還要不要聽了？」

「要要要，當然要。」尼爾豹使勁點著頭。

雪莉貓把手中的筆記本攤開在桌子上，表情變得嚴肅起來，她輕聲說道：「祕密全都寫在這本筆記本裡了，看完之後，你自然就會明白。」

尼爾豹捧著筆記本，認真的看起來，一件塵封的往事就這樣被一點一點揭開。

那是兩年前的一個傍晚，草原城的一棟

豪華別墅裡，正在舉行一場熱鬧的晚會。別墅裡燈光璀璨，奏著輕柔的音樂，賓客們端著玻璃酒杯，微笑著低聲交談：

「草原城的獰貓家族果然實力雄厚，你看，舉辦的晚會多麼氣派啊！」

「今天是柴斯特先生特意為自己的女兒雪莉·海麗斯小姐舉辦的晚會，雪莉小姐以優異的成績從克里特特國際學院畢業，是草原城，也是我們伊洛拉群島的驕傲啊！」

「嘖嘖嘖，要是我的孩子也這麼有出息就好了。哎，雪莉小姐來了。」

話音未落，一隻有著棕黃色皮毛、長長耳朵的獰貓邁著輕盈的步伐走了進來，她就是獰貓家族的雪莉小姐。她還穿著克里特特國際學院的校服，上面的學院徽章格外引人注目。雪莉小姐微笑著和賓客們致意，但誰都看得出來，雪莉小姐的心思並不在晚會上，她微微皺著眉頭，似乎在思考著什麼重要的事情。

熱鬧的晚會繼續進行，賓客們都來到了餐廳，坐在鋪著雪白桌布的餐桌前，餐桌上早已擺滿了豐盛的食物。這時，餐桌一頭的雪莉小姐，也就是我們現在所熟悉的雪莉貓站了起來，她望了一眼在座的賓客，緩緩開

口說道：「各位，很高興今天你們能夠前來參加晚會。借著這個機會，我要在所有人面前宣布一個決定。」

她說話的聲音不大，卻異常堅定。大家安靜下來，目光齊刷刷的望向雪莉貓。

「從克里特特國際學院回到伊洛拉群島之後，我看到伊洛拉群島還是和以前一樣，各個城市之間爭鬥不斷，而島上的居民則在爭鬥中流離失所，過著提心吊膽的生活。只要爭鬥一天不停息，伊洛拉群島就一天無法擺脫混亂的局面。所以我決定，我將用我學到的所有知識，盡我所能，幫助伊洛拉群島走向和平。我們獰貓家族實力雄厚，在整個伊洛拉群島也十分有威望，只要大家付出努力，就一定能夠——」

「雪莉！」雪莉貓的父親柴斯特先生那嚴厲的聲音傳來，打斷了她的話。

柴斯特先生皺著眉頭，表情冷峻，一字一頓的說道：「我們說過不再談這個問題了。你不要心血來潮就做出這樣的決定！」

雪莉貓望著她的父親，聲音激動起來：「父親，這不是心血來潮！當初你把我送到克里特特國際學院學習，不就是為了讓我幫助伊洛拉群島嗎？現在我有了這個決心，為什麼，為什麼你卻不支持我?!」

「幼稚！」柴斯特先生一拳捶向桌子，一個玻璃杯被震到地上摔了個粉碎，「雪莉，你這是異想天開，伊洛拉群島是不會走向安寧與和平的，因為有人不想看到這一天！我勸你還是放下無用的幻想，在家族的庇護下好好生活，不要多管閒事，小心引火上身！」

「父親！」

柴斯特先生非常堅決，絲毫沒有改變主意的跡象。雪莉貓和父親大吵了一架，氣憤的走出餐廳。雪莉貓回到自己的房間，難過的坐在床上，心中十分絕望。她知道，沒有家族的支持，她一個人的力量極其微弱，是絕不可能達到目標的。

就在這時，雪莉貓房間的門被敲響了。雪莉貓打開了房門，看著站在面前的人，一下子喊出了聲：「黑耳奶奶。」

黑耳奶奶動了動自己那雙又長又黑的耳朵，溫柔的看著雪莉貓。雪莉貓從小被黑耳奶奶撫養長大，她是雪莉貓最親近的親人。黑耳奶奶摸了摸雪莉貓的頭，問道：「雪莉，你真的已經下定決心，要為伊洛拉群島帶來和平嗎？」

雪莉貓咬著嘴脣，重重的點了點頭：

「是的，黑耳奶奶，只有和平才能為伊洛拉群島帶來安寧。不管代價是什麼，我都願意一試。」

黑耳奶奶看著雪莉貓，黑色的眼睛變得異常深邃，雪莉貓覺得，那雙眼睛似乎射出

了一束亮光，照進了自己的內心深處。

　　黑耳奶奶緩緩開口說道：「為伊洛拉群島帶來和平也是我一直以來的心願，在你身上，我看到了我所缺乏的勇氣。我們不能再等下去了，雪莉，我會用我所有的力量幫助你達成目標。但是前路艱難，你一定要做好迎接困難的準備，記住，永遠都要保持耐心和冷靜。」

　　雪莉貓再次點了點頭，久久的望著黑耳奶奶。有了黑耳奶奶的幫助，雪莉貓的心中又一次燃起了希望。

8

形勢突變

黑耳奶奶年輕時曾是草原城的城主，在她的治理下，草原城繁榮安定，黑耳奶奶也贏得了全伊洛拉群島的尊重。在此之後，黑耳奶奶和雪莉貓在伊洛拉群島不停奔走，在各個城市間進行交涉和勸說。伊洛拉群島上越來越多的城主明白了和平的意義，其實許多城主也早已厭倦了爭鬥，一直在等待著一個和平的契機。

經過一年的不懈努力，雪莉貓和黑耳奶奶終於取得了大多數城主的支持。回到草原城，雪莉貓起草了一份《和平宣言》，而黑耳奶奶則向所有擁護和平的城主發出了邀請，邀請他們來到草原城參加和平聯合會議，然後在《和平宣言》上簽字，從此一起建設一個和平的伊洛拉群島。

和平聯合會議舉行得非常順利。會議的最後一天，所有參加會議的城主齊聚在草原城的天空廣場。天空廣場上張燈結綵，聚集著不少市民，電視台也對著廣場架起了攝影機。黃鸝鳥主播在攝影機前做起了播報：「觀眾朋友們，歡迎您收看今天的這場盛會！對伊洛拉群島來說，今天可能會是改變歷史的一天。再過一個小時，草原城的前任城主黑耳就將帶著四十七位其他城主共同簽署的《和平宣言》來到天空廣場，她會在伊洛拉群島所有人的注視下，公開宣讀這份《和平宣言》，讓和平的呼聲傳遍伊洛拉群島的每一個角落。這會是伊洛拉群島邁入和平發展的第一步嗎？讓我們拭目以待！」

雪莉貓此時也在天空廣場緊張的等待著，她幾乎按捺不住自己激動的心情。天空廣場的鐘聲敲響了，廣場安靜下來，穿著一身長袍、拄著一根拐杖的黑耳奶奶出現在廣場上。她手裡拿著一個信封，裡面裝著的，就是那份珍貴的《和平宣言》。

雪莉貓走過去，想要攙扶黑耳奶奶上台，黑耳奶奶卻擺了擺手，她握住雪莉貓的手說道：「雪莉，你留在觀眾中間就好。今天

不論發生什麼事，你都要記住，永遠都要保持耐心和冷靜。」

黑耳奶奶說完，自己帶著《和平宣言》，一步一步走上萬眾矚目的主席台。

台上，穿著黑色禮服的白鴿主持人正微笑著等待她。走上主席台後，黑耳奶奶向大家深深鞠了一躬，然後莊重的將裝著《和平宣言》的信封交給了白鴿主持人。

白鴿主持人接過信封，走到了麥克風前。伊洛拉群島上所有人的目光此時都聚集到了他的身上。

「下面由我為大家朗讀這份得之不易的《和平宣言》，咳咳……」白鴿主持人說道。他慢慢的從信封裡將燙金的《和平宣言》取了出來。

他眨眨眼睛，看著《和平宣言》上的文字，忽然歪著嘴笑了笑，這笑容讓雪莉貓心中湧起了不祥的預感。

「咳咳……」白鴿主持人清了清嗓子，用尖厲的聲音念道，「伊洛拉群島——《抗議宣言》！」

《抗議宣言》？廣場上的人互相看了看，有點不相信自己的耳朵：《和平宣言》怎麼變成了《抗議宣言》？廣場上一陣騷動。白鴿主持人這時高高舉起了手裡的宣言，向所有觀眾展示，攝影機也趕忙給了一個特寫。所有人這下都看清了，燙金的信紙上，果然寫著「抗議宣言」四個大字，宣言的最後還有四十七位城主的親筆簽名！

雪莉貓睜大眼睛，帶著一絲驚恐望著站在白鴿主持人旁邊的黑耳奶奶。然而黑耳奶奶黑色的耳朵動了動，依舊保持著鎮定。

「下面由我來為大家仔仔細細、一字不漏的朗讀這份《抗議宣言》。」白鴿主持人尖厲的聲音又響了起來，「伊洛拉群島的居民們，我們抗議：所謂《和平宣言》不過是一個騙局！獰貓黑耳把我們騙到草原城來，表面上是為了和平，實際上卻實行威脅恐嚇，逼迫我們簽訂不平等協定。黑耳野心勃勃，想要透過這種方式控制整個伊洛拉群島！現在我們四十七位城主聯合起來，下定決心要揭露黑耳的真實意圖，絕對不能讓她的陰謀得逞！」

白鴿主持人念完了這份《抗議宣言》，天空廣場陷入了一陣讓人窒息的沉默。

過了一會兒，沉默被打破了，台下的市民紛紛舉起了拳頭，忽然一個聲音帶頭憤怒的喊道：「我們被耍了，一切都是騙局！」

「我就知道，什麼和平啊，白日做夢！」

「黑耳老城主太可惡了，虧我以前還那麼尊重她。她太陰險了，必須得到懲罰！」

「對，懲罰！」

不知道是誰向台上扔出石子，砸到了黑耳奶奶的腳邊。黑耳奶奶不為所動，仍舊拄著拐杖站在原地，沒人知道她在思考什麼。

然而台下的雪莉貓卻坐不住了。她一時忘了黑耳奶奶曾經告訴她的話：永遠都要保持耐心和冷靜。她擠過人群，幾步跨到前面，對坐在台下的城主們喊道：「你們在撒謊！黑耳奶奶根本沒有逼迫你們簽訂什麼不平等協定，我們做的一切都是為了伊洛拉群島的和平，你們為什麼要陷害黑耳奶奶?!」

雪莉貓看到火山城的猴子城主就坐在

離她不遠的地方，於是她衝猴子城主喊道：「猴子城主！你說過，你早就厭倦了爭鬥，所以要第一個在《和平宣言》上簽字。現在《和平宣言》突然變成了《抗議宣言》，你一定知道這一切到底是怎麼回事！為什麼你不向大家說出真相?!」

猴子城主看起來十分害怕，用手蒙住雙眼，小聲顫抖著說道：「對……對不起……他們答應給我足夠的好處……只要我在《抗議宣言》上簽字……如果不簽，我就會沒命的……他們……他們實在太強大了……對不起……」

他們？他們是誰？雪莉貓忽然一驚，一滴冰涼的水滴到她的脖子上，一陣寒意瞬間傳遍了她的全身。

雪莉貓屏住呼吸，側過頭去，看到一隻身材魁梧的鱷魚站在自己身後。鱷魚應該剛從廣場旁的小河裡爬上來，渾身上下還滴著水。鱷魚壓低聲音對雪莉貓說道：「小獰貓，黑耳的寶貝孫女，你讓我找得好苦哇！哈哈哈，結果你還是忍不住衝了出來，暴露了自己。終於讓我抓住你了，別動！」

鱷魚挾持了雪莉貓，陰狠一笑：「哼，只要你在我們的手上，就不愁黑耳不聽我們的話！」

雪莉貓想要呼救，卻發現廣場上巡邏的警察不知什麼時候全都被撤走了。雪莉貓忽然明白過來，這一切都是一個精心布置的陷阱！

鱷魚挾持著雪莉貓，衝著台上的黑耳奶奶揮了揮手。

黑耳奶奶皺緊了眉頭，她動了動嘴唇，對著雪莉貓無聲的說了一句話。根據黑耳奶奶的嘴型，雪莉貓得知，黑耳奶奶在說：「有奶奶在，不要害怕。」

說完之後，黑耳奶奶深深吸了一口氣，她拄著拐杖，一步一步走到麥克風前，望了望廣場上聚集的人群，用平靜的聲音說道：「我承認，《抗議宣言》上所說的內容都是真的。」

這句話讓炸開了鍋的廣場瞬時陷入了靜止。

「但這一切都是我的個人行為，和我的家人們無關。只要你們保證我家人的安全，」黑耳奶奶用深邃的目光看了雪莉貓一眼，「我願意接受你們的調查，也願意接受所有懲罰。」

「好！很好！非常好！哼哼！」這時，一隻歪戴著警察帽子的河豬大搖大擺的走上主席台，拍著手說道。河豬撥動臉上的長毛，露出臉上的刀疤，得意的笑起來：「黑耳，早知道你這麼配合，我們也不用這麼費事啦。你放心，只要你跟我們走，去我們的地盤……不對不對，我的台詞是什麼來著……對了，只要你跟我們去草原城的警察局接受調查，我們肯定不會傷害你的家人。」

河豬對著台下的鱷魚揮了揮手。鱷魚心

領神會，放開了雪莉貓。

黑耳奶奶點點頭，最後看了雪莉貓一眼，然後對河豬說道：「好，我跟你們走。」

河豬迫不及待的掏出一副手銬，把黑耳奶奶銬了起來，兩個同樣穿著警察制服的河豬小弟走上台來，一左一右押送著黑耳奶奶，朝台下走去。

「奶奶！」

雪莉貓已經認出來，這些警察都是假冒的！她絕不能眼睜睜的看著黑耳奶奶被他們帶走。然而鱷魚卻一直死死的盯著雪莉貓，眼睛裡露出凶光：「黑耳的寶貝孫女，你也跟我們走一趟吧！要不然，我可不會對你手下留情。」

這時，鱷魚身旁的一隻鬣狗說道：「不對啊，大哥，剛才河豬老大說了，不會傷害黑耳的家人。」

「就你話多，呸！」鱷魚大哥吐了一口唾沫，「那話是說給黑耳聽的，不是說給我們聽的。你這麼單純，還是趁早不要當壞蛋了。」

「哦，好吧。」鬣狗搔了搔頭。

黑耳奶奶已經被帶走了，雪莉貓知道自己一定不能被抓住，否則就永遠失去了救出奶奶的機會。雪莉貓冷靜下來，不動聲色的看了看四周，等到鱷魚大哥逼近她的時候，她猛的一抬腿，瞄準鱷魚大哥的腳狠狠的踩了下去。

「哎喲！」鱷魚大哥抱著自己的腳，跳了起來。雪莉貓向旁邊一閃，擠進了人群中。

鱷魚大哥氣急敗壞的喊著：「鬣狗，抓住她，別讓她溜了！」

雪莉貓的身後響起一陣追趕的腳步聲。看到廣場四周已經被河豬的人包圍了，雪莉貓唯一的希望就是從廣場旁邊的那條小河逃走。她靈巧的在人群中穿梭，奮力跑到河邊，面對湍急的河水，毫不猶豫的縱身跳了進去。

冰涼的河水很快淹沒了雪莉貓，雪莉貓潛在水面下，不顧一切的往前游去。

撲通——撲通——鱷魚大哥和鬣狗小弟也跳進了河裡。為了不被他們抓住，雪莉貓拼命的往前游，自己也不知道游了多久。後來她精疲力盡，感覺周圍變得越來越暗，自己似乎被捲進了一個漩渦，一點一點往下沉落，雪莉貓逐漸失去了意識……

9

合作解危機

「喂！醒醒，醒醒！是不是我的床太舒服啦，捨不得起來啊？」

一個陌生的聲音響起。雪莉貓艱難的睜開眼睛，發現自己躺在一張小床上。一支火光微弱的蠟燭在床頭燃燒著，照亮了四周。這裡似乎是一個幽暗的洞穴，借著燭光，雪莉貓還看到一隻銀白底色、有著漂亮花紋的雪豹正睜著圓溜溜的眼睛，好奇的望著自己。

雪莉貓心裡雖然有一些慌張，但表面上仍然鎮定的說：「你是誰？是你救了我嗎？這裡是哪裡？」

這隻雪豹戴著一頂破舊的草帽，笑著回答：「小姐，您醒啦？沒錯，是我救了您。早上我的草帽掉到了河裡，撈的時候意外發現河面上還漂浮著什麼東西，我以為是什麼金銀財寶呢，結果撈起來一看，是小姐您。您現在所在的地方嘛，是溶洞城裡一個廢棄的洞穴，而我嘛，就是這個洞穴的主人——尼爾豹。請問您的名字是？」

溶洞城？雪莉貓之前來過溶洞城，知道這裡是一個由地下河和溶洞組成的城市，看來她順著小河，一路從草原城漂流到了溶洞城。

「我叫雪莉貓，謝謝你救了我。」雪莉貓回答，她掙扎著想要坐起來，「我現在有急事，必須馬上回到草原城，咳咳——」

雪莉貓咳嗽了兩聲，感覺身體十分虛弱，根本沒什麼力氣。

尼爾豹說：「雪莉貓，你受傷啦，是沒辦法去草原城的，我勸你還是休息幾天再出發吧。」

雪莉貓將尼爾豹上下打量了一番，心想：「我會跳河漂流到這裡完全是不可控的，如果他是河豬的人，早就把我抓起來了……他應該不是個壞人吧。」

想到這裡，雪莉貓靠在床頭，鄭重的對尼爾豹說：「尼爾豹，感謝你救了我，等我回到草原城，我一定會報答你的。」

「報答？」這隻叫作尼爾豹的雪豹一聽報答兩個字，眼睛裡忽然閃出兩道亮光，「是不是說，你會給我這個東西啊？」

尼爾豹做了個數錢的動作。

雪莉貓心想：「一個喜歡錢的窮小子。」雪莉貓轉了轉眼珠，心裡忽然有了一個主意，她點點頭，說道：「當然，只要你不告訴別人你救過我，再讓我順利回到草原城，我會給你這麼多錢。」

雪莉貓想了想，伸出五個指頭。

尼爾豹睜大眼睛：「五……五千？」

雪莉貓搖搖頭：「不對，是五十萬。」

「啊……」尼爾豹忍不住叫了出來，好像已經看到這麼多錢擺在面前似的，眼睛都直了。他喃喃說道：「這麼多錢，我要發財了！五十萬，我可以買下溶洞城最大的洞穴，然後來個豪華裝修，再買一個大冰箱，裡面塞滿食物……天哪，我不會是在做夢吧?!」

雪莉貓問：「怎麼樣，成交嗎？」

尼爾豹趕緊回答道：「一言為定！」

尼爾豹又伸出手，和雪莉貓熱情的握了握，生怕她反悔，這樣就算是立下了一個約定。

溶洞城裡不見天日，密布著幽深曲折的溶洞和地下河，正好成了雪莉貓藏身的好地方。鱷魚大哥和鬣狗小弟追隨雪莉貓來到了溶洞城，到處搜尋著雪莉貓的身影，卻一無所獲。不過很快，他們就聽說住在溶洞城的尼爾豹從地下河裡救起過一隻獰貓，於是，鱷魚大哥把尼爾豹找了過來。

「哦，原來是你找我啊，鱷魚大哥。」尼爾豹看著鱷魚大哥，有些漫不經心的說道。

鱷魚大哥點點頭：「認識我就好，我就不用多囉唆了。聽說你從地下河裡救起過一隻獰貓，你把她乖乖交給我，好處自然少不了你的。不然嘛，哼哼……」

鱷魚大哥說著，晃了晃自己的大拳頭。

尼爾豹一臉茫然：「什麼獰貓啊？我怎麼不知道你在說什麼。」

「哼，不要跟我裝傻。」鱷魚大哥上下打量了一番尼爾豹，不屑的笑了笑，「我想起你是誰了，尼爾豹——溶洞城的流浪小子，無依無靠，還老是喜歡出風頭。上次我找蝙蝠萊萊收保護費的時候，你多管閒事，結果被我打得鼻青臉腫。哈哈哈，這麼快你就忘了我拳頭的滋味了？」

聽到鱷魚大哥提起蝙蝠萊萊，尼爾豹咬

緊了嘴脣。鱷魚大哥在溶洞城橫行霸道，經常欺負蝙蝠萊萊和他的家人，還把他們趕出了原本住著的溶洞。

鱷魚大哥看著尼爾豹，眼神極其傲慢，繼續說道：「不過嘛，以前的事情我也可以不計較。你就是一個看到錢就兩眼放光的窮小子，我猜，那隻小獰貓肯定跟你許諾了許多好處，不過你放心，只要你乖乖把她交出來，我出三倍的價錢！否則，我碾死你就跟碾死一隻螞蟻那樣簡單！」

三倍?!尼爾豹心裡一驚，掰著手指頭算起來：「那隻獰貓答應給我五十萬，你給我三倍，一五得五，二五得八，三五十二……那就是一百二十萬！」

鬣狗小弟一下子喊出了聲：「不對不對，三五十五，是一百五十萬！」

接著他好像意識到了問題，低聲對鱷魚大哥說道：「大哥，我們經費好像沒那麼多了！」

鱷魚大哥臉色鐵青，從背後捶了鬣狗小弟一拳，小聲說：「知道你還不閉嘴！咳咳——」

隨後鱷魚大哥眯著眼睛，對尼爾豹說道：「反正錢不是問題。怎麼樣，你知道該怎麼做了吧？」

尼爾豹露出一個燦爛的笑容，恭恭敬敬的對鱷魚大哥說：「知道，知道，鱷魚大哥，我只是一個微不足道的、見錢眼開的流浪小子，誰給的錢多，我當然就聽誰的啦。而且，我怎麼敢和溶洞城臭名昭著——啊不，大名鼎鼎的鱷魚大哥作對呢。」

鱷魚大哥滿意的點點頭：「那快說吧，那隻小獰貓藏在哪兒？」

「她在溶洞城後街第三百八十五號溶洞裡。不過嘛——」尼爾豹轉了轉眼珠子，「她警惕性很高，你們就這樣去不一定抓得住她。不如這樣，你們今天半夜兩點再來，趁她睡著的時候把她抓走，神不知鬼不覺，保證成功！」

鱷魚大哥連連點頭，高興的一拍掌：「好，今天半夜兩點，就這麼說定了！」

交易達成，尼爾豹心滿意足的走了。

等到尼爾豹消失在街道拐角，鱷魚大哥連忙拉過鬣狗小弟，悄聲說道：「快，你去準備一個大麻袋，我們馬上去抓那隻小獰貓！」

鬣狗小弟有些不解：「大哥，不對啊，現在距離半夜兩點還早著呢，我們可以先吃晚飯，再吃個夜宵，然後再行動！」

「笨蛋！」鱷魚大哥猛的敲了敲鬣狗小弟的腦袋，恨鐵不成鋼的說，「他說什麼你就信什麼？尼爾豹很有可能是騙我們的，等到半夜兩點再去，小獰貓早就跑得不見蹤影了。我們現在悄悄跟在尼爾豹後面，順藤摸瓜找到小獰貓，給她來一個措手不及！」

鬣狗捂著腦袋，佩服的點著頭：「大哥不愧是大哥！」

溶洞城昏暗而狹窄的街道上，傳來尼爾豹的口哨聲，他大搖大擺的走在街上，穿過了一個又一個溶洞，鱷魚大哥和鬣狗小弟踮著腳跟在後面。尼爾豹在幽深曲折的溶洞裡穿行著，不知不覺就來到了一個溶洞的深處。

這個黑乎乎的溶洞裡，只有一抹微弱的燭光。

「雪莉貓，你說得沒錯，你果然被鱷魚大哥盯上了。」尼爾豹站在一張小床邊說道，表情十分得意，「不過他是個笨蛋，我已經成功欺騙了他。你快點起床，我們趁現在趕緊轉移吧！」

這時，尼爾豹身後傳來一個聲音：「嘿嘿嘿，不知道誰才是大笨蛋呢。」

尼爾豹回過頭，發現鱷魚大哥和鬣狗小弟竟然也在溶洞裡！尼爾豹慌忙喊道：「你們怎麼會在這裡?!還沒到半夜兩點呢！」

苦苦搜尋的獵物就在眼前，鱷魚大哥心裡樂開了花，他一個箭步猛的衝到床邊，一把掀開床上的被子，而鬣狗小弟緊隨其後，高高舉起了手裡的麻袋。

鱷魚大哥大喊：「小獰貓，我終於逮到你了！哎呀——」

鱷魚大哥掀開被子，卻被嚇得尖叫一聲，踉蹌著後退了幾步，一屁股跌坐到地上。而鬣狗小弟則舉著麻袋愣在原地。他們萬萬沒有想到，掀開被子看到的，竟然是一個做著鬼臉的假人！

鱷魚大哥瞪大了眼睛問：「尼爾豹，你在搞什麼鬼?!那隻小獰貓在哪兒?!」

「哈哈哈哈……」尼爾豹捧著肚子大笑，「對……對不起，鱷魚大哥，你的表情實在是太好笑了，我眼淚都要笑出來了。雪莉貓真是聰明，她猜得沒錯，你們果然會跟蹤我！」

鱷魚大哥把牙齒咬得咔嚓作響：「好啊，尼爾豹，一個微不足道的流浪小子，我答應給你那麼多好處，你竟然敢耍我！」

尼爾豹收住笑容，盯著鱷魚大哥說道：「鱷魚大哥，你和鬣狗小弟在溶洞城橫行霸道，早就被警察局通緝了，可惜，警察一直抓不住你們，今天，我就把你們送去溶洞城警察局！」

鱷魚大哥握緊了拳頭：「好啊，我倒要看看，今天誰能把我抓住！」

說完，鱷魚大哥就掄圓了拳頭，朝尼爾豹揮過去。尼爾豹一個後滾翻，躲開了攻擊。鱷魚大哥張開血盆大口，露出了鋒利的牙齒，往前一個猛撲。尼爾豹抄起一根棍子擋在身前，結果咔嚓一聲，鱷魚大哥的大嘴把棍子一下子咬斷了。

鬣狗小弟在一旁喊道：「大哥不愧是大哥，勇猛！無敵！」

鱷魚大哥冷冷一笑：「哼，我們鱷魚可是恐龍的近親！鬣狗，給我上！」

尼爾豹吐吐舌頭：「嘖嘖嘖，要是被咬上一口就得住院啦，我可沒錢！」

他轉過身，拔腿就跑。鱷魚大哥和鬣狗小弟在後面窮追不捨。鱷魚大哥的大嘴的確厲害，不管什麼擋在前面，都被他一口咬得粉碎，尼爾豹好幾次都差點被咬到屁股。

「好險好險。雪莉貓不是去找蝙蝠萊萊幫忙了嘛，怎麼還沒回來?!」尼爾豹一邊跑，一邊喊著。

鱷魚大哥說：「別跑了，沒有人會來救你的！」

正在這時，溶洞外傳來一聲震耳欲聾的吼叫，一陣轟隆轟隆的腳步聲響起，一個無比巨大的身影出現在溶洞門口。

尼爾豹、鱷魚大哥、鬣狗小弟仰頭望著這隻從沒有見過的、體形碩大的動物，一時都停下了腳步，睜大了眼睛。

這隻動物走進溶洞，一步一步逼近鱷魚大哥和鬣狗小弟，再次發出一聲吼叫，差點震破了他們倆的耳膜。

「鱷魚，鬣狗，你們在溶洞城欺負弱小，無惡不作，今天終於到了算帳的時候了！」

「你……你……你……你是誰啊？」鱷魚大哥的聲音有些發抖。雖然他這一生戰勝過無數對手，但從來沒有和這麼高大的動物較量過。

「我是恐龍！你剛才不是還說我是你的近親嗎？」

鱷魚大哥一下子呆住了：「恐……恐龍？」

鬣狗小弟喊了出來：「救命啊，恐龍……恐龍復活了！」

恐龍抬起腳掌，朝鱷魚大哥和鬣狗小弟頭上踩去，鱷魚大哥和鬣狗小弟趕緊往後一縮，這重重的一腳，震得溶洞都抖動起來。鬣狗小弟渾身也在發抖：「大……大……大哥，現在怎麼辦？」

鱷魚大哥說：「怎麼辦？你能打得過恐龍嗎？」

鬣狗小弟答：「不……不……不……不能啊！」

鱷魚大哥喊：「那還不快跑！」

剛才鱷魚大哥和鬣狗小弟追著尼爾豹，現在恐龍又在鱷魚大哥和鬣狗小弟的身後窮追不捨。他們倆被恐龍嚇得魂不附體，慌忙尋找著逃跑的路。

尼爾豹嘿嘿一笑：「讓我來幫幫忙！」

他在地上摸了摸，撿起一顆十分光滑的小石子：「看我的，百發百中小飛彈！」

瞄準之後，石子嗖的一聲彈射出去，擊中了溶洞裡燃燒的蠟燭，洞裡頓時變得一片漆黑。

鱷魚大哥和鬣狗小弟兩眼一黑，更加失去了方向，縮在角落瑟瑟發抖。

鬣狗小弟哆哆嗦嗦的問：「大……大……大哥，現在怎麼辦？」

鱷魚大哥拍了鬣狗小弟一下：「閉嘴！除了問怎麼辦，你就不能有點用處？」

這時，鬣狗小弟忽然在溶洞的石壁上摸到一扇小門，他一使勁，門被推開了，一條閃著幽光的通道出現在他面前。鬣狗小弟興奮的說：「大哥，這兒有一條通道！」

鱷魚大哥趕緊爬過去，果然看到有一條通道！他和鬣狗小弟趕忙鑽了進去，通道有些狹窄，他們倆爬啊，挖啊，雖然有些灰頭土臉，但好在那隻可怕的恐龍不能跟在他們屁股後面追了。恐龍發出幾聲吼叫，無奈的看著他們溜走。

眼看馬上就要到達通道盡頭，鱷魚大哥興奮的喊道：「終於得救啦！」

他和鬣狗小弟一蹬腿，從通道裡蹦了出

來。然而，他們雙腳剛一落地，嘩啦一聲——地上的陷阱被觸發，一條繩索纏住他們的腳，繩索猛一收縮，鱷魚大哥和鬣狗小弟就被倒吊在了空中。

他們拼命掙扎著。這時，一隻戴著警官帽的花栗鼠聽到動靜，喊道：「誰啊？誰在溶洞城警察局門口吵吵嚷嚷?!」

警察局？鱷魚大哥這才看清，原來他們被吊在了警察局門口！

花栗鼠警官抬起頭，看到倒吊著的鱷魚大哥和鬣狗小弟，噗哧一笑：「這不是通緝犯鱷魚大哥和鬣狗小弟嗎？你們怎麼自己送上門來了？」

鱷魚大哥哭喪著臉，早已沒了平日的威風，他扯著嗓子喊道：「警官，救命！可怕，太可怕了，有恐龍，恐龍復活了！」

而在警察局的遠處，雪莉貓拍了拍手：「計畫圓滿成功，尼爾豹、蝙蝠萊萊，你們辛苦了。」

尼爾豹和一隻蝙蝠站在雪莉貓面前。原來，剛才那隻巨大的恐龍，是蝙蝠萊萊帶著另外幾十隻蝙蝠，披著一塊黑布假扮的。而恐龍的聲響，只不過是一個隨身音響喇叭發出的，雪莉貓還為鱷魚大哥和鬣狗小弟準備

了這個直通警察局的陷阱。

蝙蝠萊萊對著雪莉貓深深鞠了一躬，說道：「獰貓小姐，這次多虧了你，我們才有機會抓住作惡多端的鱷魚大哥和鬣狗小弟。當然，我們也非常感謝尼爾豹，每次我們被欺負的時候，都是他挺身而出，雖然最後都變成了和我們一起被欺負……」

「咳咳……」尼爾豹擺擺手，「小事一樁，對於聰明、勇敢、帥氣、瀟灑的我來說，簡直不值一提。」

雪莉貓微微一笑：「尼爾豹，想不到你除了看見錢就兩眼放光外，還蠻有正義感的，而且，身手也不錯嘛。」

尼爾豹嘿嘿一笑，露出雪白的牙齒：「那當然，我從小到大就有兩個夢想，一個是發財，另一個就是維護正義！只可惜一直待在溶洞城，這兩個夢想可能很難實現囉。」

遠處傳來兩聲慘叫，原來是倒吊著的鱷魚大哥和鬣狗小弟被放了下來。他們戴上了手銬，被押進了警察局。看來，這場危機暫時得到了化解。

尼爾豹擠擠眼睛，望著雪莉貓說道：「雪莉貓，可不要忘了你答應給我的報酬喲！你怎麼一副心事重重的樣子，不會是在想怎麼賴帳吧？」

雪莉貓搖了搖頭。從剛才起，她心裡就在盤算著一個事情：「回到草原城，我必須想辦法救出黑耳奶奶。但對手藏在暗處，實力深不可測，只憑藉一般的方法很難做到……乾脆……」

雪莉貓看著尼爾豹，開口問道：「尼爾豹，你願不願意跟我一起去草原城？」

「啊？去草原城幹麼？」

雪莉貓臉上浮現出一個神祕的笑容：「你不是想維護正義嗎？伊洛拉群島上還有很多像蝙蝠萊萊這樣被欺負卻得不到幫助的人，你的身手加上我的智慧，一定可以幫到他們。」

「維護正義嘛……」尼爾豹搔搔下巴，轉著眼珠想了想，「聽起來不錯。只要維護正義的時候夠帥，我就考慮考慮。」

雪莉貓像是早就知道尼爾豹會這麼回答一樣，她拿出一條項鍊，上面明顯少了點什麼：「別考慮啦，剛才你彈射出去的小石子，是我項鍊上掉下來的一顆翡翠，已經被摔碎了。這顆翡翠價值一百萬，扣掉我給你的報酬，你現在還欠我五十萬。要麼跟我去草原城，要麼現在就還錢。」

尼爾豹發出一聲尖叫：「啊！五十萬！我說那顆石子怎麼那麼光滑，竟然是一顆翡翠！我怎麼就這麼倒楣啊，忙了半天，居然

還欠了這麼多錢！」

雪莉貓眨了眨淡金色的眼睛，說道：「如果你跟我去草原城呢，我會給你一份報酬不錯的工作，而且還包吃包住！」

尼爾豹想了想，最後還是點了點頭：「好吧，既然你這麼熱情的邀請我，我就跟你去吧。原本我也打算最近離開溶洞城去外面看看。嘿嘿，萬一我在草原城真的實現夢想了呢，光明的未來在等著我……雪莉貓，我們現

在就出發吧！」

一抹晨光透過窗戶，照進了貓爪怪探團的地下基地。尼爾豹看完了筆記本上的內容，連連歎氣：「唉，我就是這樣被你騙來草原城的，結果不僅沒有實現發財的夢想，欠的錢還越來越多了，唉……唉……」

他眨了眨眼睛，看著雪莉貓說：「不過，我直到現在才知道，原來你一直在尋找黑耳奶奶的下落。」

雪莉貓點點頭：「尋找黑耳奶奶，也是我成立貓爪怪探團的另一個重要目的。這次在水晶城，我終於發現了關於奶奶的重要線索。」

尼爾豹一下子從椅子上彈跳起來：「那還等什麼，我們趕快去救黑耳奶奶吧！」

出乎尼爾豹意料，雪莉貓的目光卻異常沉著：「我一直記著奶奶的話，要保持耐心和冷靜。這次行動肯定會非常危險，我們必須得到一個人的幫助才有可能成功。不過這個人目前不在伊-洛拉群島，我們必須等他回來了再展開行動。」

尼爾豹問：「誰啊，有這麼重要嗎？」

雪莉貓說：「他就是傳奇的發明大師——

多古力！」

尼爾豹有些失望：「原來就是那個不太可靠的發明家啊！雪莉貓，那我們現在做點什麼？」

雪莉貓說：「現在？現在你該去上班了。好好打工，早點還錢。」

尼爾豹大呼：「啊！」

祕密小姐的電台時間

第8集：和平的意義

各位委託人，歡迎來到祕密小姐的電台時間。

在日常生活中，我們經常能夠看到對和平的呼籲，那麼，和平的意義到底是什麼呢？和平指的是用文明的協商方法來解決人與人、群體與群體之間的矛盾，拒絕暴力爭鬥。在我們的世界中，分歧和矛盾是不可避免的，然而往往只有採取和平的方法，尊重他人，平等溝通，我們才能避免矛盾進一步激化，從而順利的解決問題。

各位委託人，當你和他人發生矛盾時，你是否採取了和平的方法，最終順利的化解了矛盾呢？

雪莉貓和尼爾豹的往事

雪莉貓，你還記得我們第一次相遇的時候嗎？
那時候我救了落水的你……
是不是我的床太舒服啦，捨不得起來啊？
第一次懲奸除惡，維護正義。
記得啊！那時候真是讓人懷念呢。
是吧！所以……
看在我們這麼多年的情分上，這次能不扣工資嗎？
不能。
尼爾豹欠債+10,000元

國家圖書館出版品預行編目（CIP）資料

貓爪怪探團・混沌時代篇3：神奇的紫色藥水／多多羅著. -- 初版. -- 臺北市：臺灣東販股份有限公司, 2025.02
120面；14.7×21公分
ISBN 978-626-379-744-4（平裝）

859.6　　113019814

貓爪怪探團・混沌時代篇3

神奇的紫色藥水

2025 年 2 月 1 日初版第一刷發行

著　　者　多多羅
繪　　者　丁立儂、鳴珂、脆哩哩
主　　編　陳其衍
美術編輯　林佩儀
發 行 人　若森稔雄
發 行 所　台灣東販股份有限公司
　　　　　＜地址＞台北市南京東路 4 段 130 號 2F-1
　　　　　＜電話＞(02)2577-8878
　　　　　＜傳真＞(02)2577-8896
　　　　　＜網址＞https://www.tohan.com.tw
郵撥帳號　1405049-4
法律顧問　蕭雄淋律師
總 經 銷　聯合發行股份有限公司
　　　　　＜電話＞(02)2917-8022

土撥鼠情報隊

貓爪便利店
貓爪便利店
雪莉貓